書下ろし

風《ふう》塵《じん》(上)

風の市兵衛⑨

辻堂魁

祥伝社文庫

目次

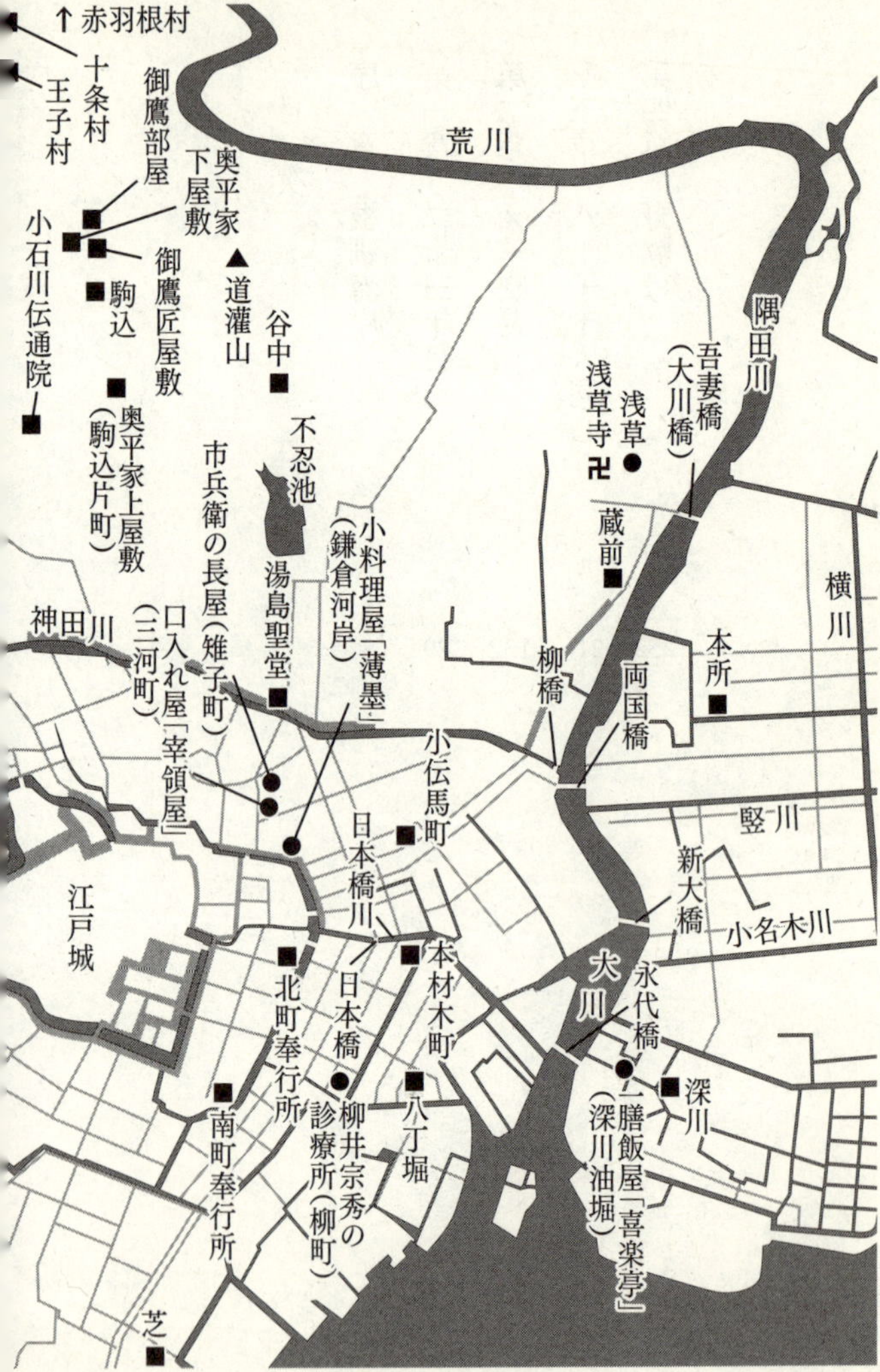

↑赤羽根村
十条村
王子村
御鷹部屋
奥平家下屋敷
小石川伝通院
駒込
御鷹匠屋敷
道灌山
谷中
奥平家上屋敷（駒込片町）
不忍池
湯島聖堂
市兵衛の長屋（雉子町）
口入れ屋「宰領屋」（三河町）
小料理屋「薄墨」（鎌倉河岸）
神田川
江戸城
小伝馬町
日本橋川
日本橋
北町奉行所
南町奉行所
本材木町
八丁堀
柳井宗秀の診療所（柳町）
芝
荒川
隅田川
吾妻橋（大川橋）
浅草
浅草寺
蔵前
柳橋
両国橋
本所
横川
竪川
新大橋
小名木川
大川
永代橋
深川
一膳飯屋「喜楽亭」（深川油堀）

『風塵』の舞台

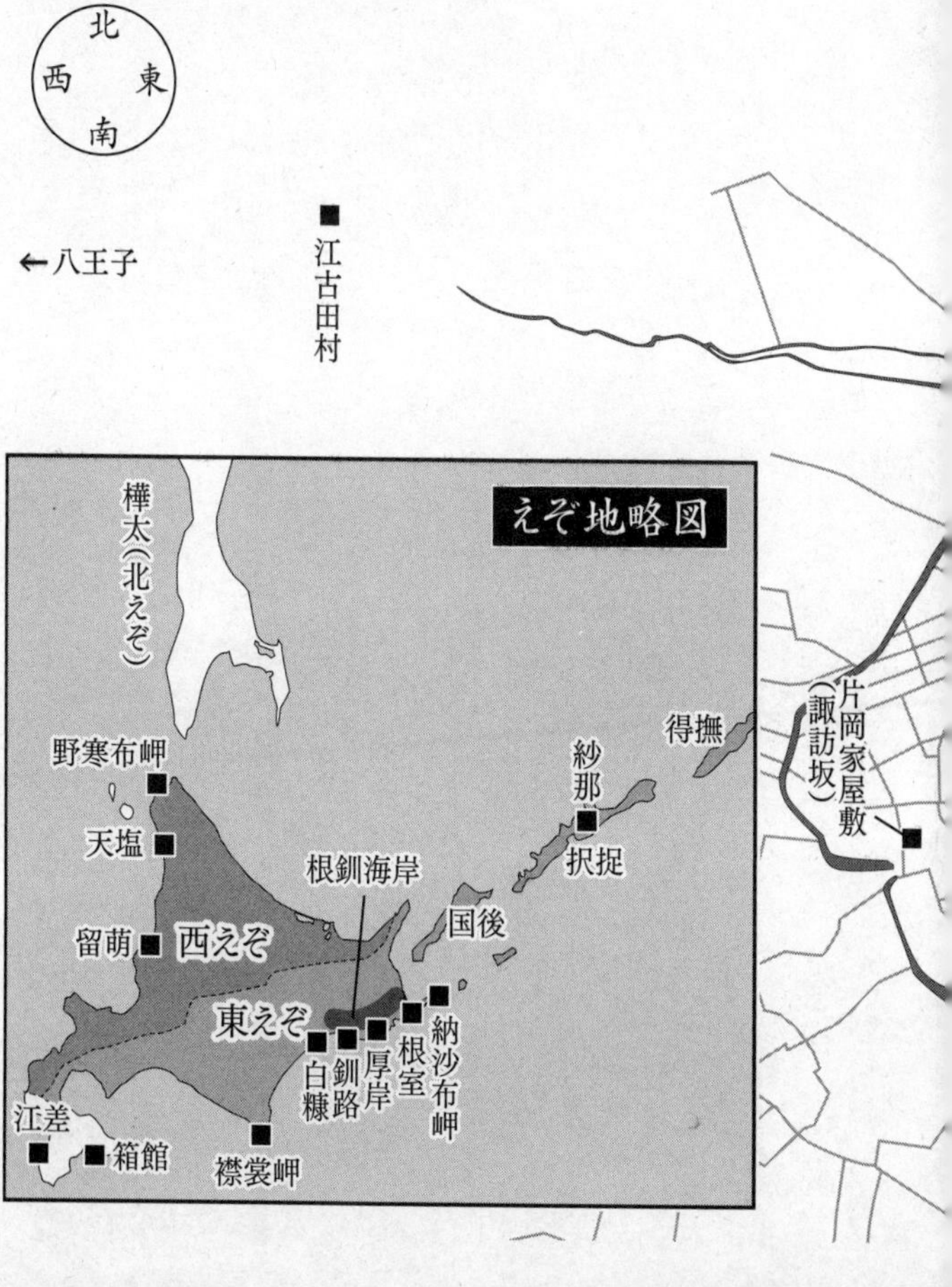
北
西
東
南
←八王子
江古田村
片岡家屋敷（諏訪坂）
えぞ地略図
樺太（北えぞ）
野寒布岬
天塩
留萌
西えぞ
東えぞ
江差
箱館
襟裳岬
白糠
釧路
厚岸
根室
納沙布岬
根釧海岸
国後
択捉
紗那
得撫

序章　根釧《こんせん》海岸

一

文化《ぶんか》四年（一八〇七年）四月、択捉島《えとろふ》紗那《しやな》の海にロシア船の砲声がとどろいた。しゅしゅしゅ、と海岸の空を引き裂く擦過音に続いて、炸裂弾の火炎とともに土砂を猛烈に吹き上げた爆風が、津軽《つがる》と南部《なんぶ》の番兵たちを襲った。

相手はごくわずかと見くびっていたのが、凄《すさ》まじい風圧に先頭の十数名がたちまち薙《な》ぎ倒された。

爆風が吹きすぎ視界が開けると、顔が煤《すす》や土で黒くなった十数名の番兵らがへたりこみ、尻餅《しりもち》をつき、虫のように地を這《は》ったりしていた。

動かない番兵らは呆然《ぼうぜん》とし、声を失っていた。

しかし、ロシア船の放った艦砲の着弾は番兵を殺傷する至近弾ではなかった。

いきなりの着弾に大地が震え土砂が襲いかかってきた瞬間、みな肝《きも》を潰《つぶ》し、立っていられない衝撃にみまわれただけだった。

艦砲のそれほどの威力に、番兵らは慣れていなかった。

紗那の入り江に、三本帆柱の快速船が浮かんでいた。

青空の下、穏《おだ》やかに凪《な》いだ入り江より陸へ睨《にら》みを利《き》かす、ずんぐりした船体が不気味だった。船乗りらの忙《せわ》しなげに甲板《かんぱん》を動く様子が認められた。

海岸に剝《む》き出した黒い岩肌の間には短艇が引き揚げられ、二十名にも足らないロシア兵士が上陸していた。

赤い軍服の士官がサーベルを抜き、兵らに何か号令をかけていた。

ロシア兵らは海岸へなだらかに下る狭い道をふさぐ横隊《おうたい》の二段備えになり、前列が片膝《かたひざ》をつき、後列が立って銃剣つきの銃を津軽と南部の番兵へかまえていた。

番兵とロシア兵との間は一町《ちょう》半（約百六十四メートル）以上はあった。

士官はしきりに何か言っているが、言葉は聞きとれない。

津軽と南部を併《あわ》せて番兵の方は、二百名近くの勢力だった。

ロシア兵らは二十名足らずの小勢で、二百名を相手にする気らしかった。

番人頭《がしら》が、陣笠を吹き飛ばされ大の字に倒れていた。

後続の番兵らが「頭あっ」と傍《かたわ》らへ走り寄った。

われにかえった頭は跳ね起き、土まみれの顔の中で目を剝いた。

「お怪我《けが》はっ」

と訊《き》いた番兵に、鞭《むち》をふって喚《わめ》いた。

「小癪《こしゃく》な。筒組《つつぐみ》いけえ」

倒れた番兵らがごそごそと起き上がり始める左右から、火縄銃を担《かつ》いだ筒組が道の先頭へ出て、陣形を組んだ。

だが、旧式の火縄銃ではロシア兵との距離がありすぎた。

「進めえっ」

頭が鞭をふり、番兵は筒組を先頭に道を進んだ。

そのとき、入り江のロシア船の艦砲が再び吠《ほ》えた。

舷側《げんそく》に白い煙が上がるとすぐに、しゅしゅしゅ、と空を引き裂く擦過音が続いた。

またきたっ、と思う間もなかった。

強烈な炸裂音と火花が走り、土砂の風圧が今度は先頭の筒組を薙ぎ倒した。

倒れなかった番兵らも陣形どころではなく、爆風にさらされて、両腕で顔を覆《おお》い土煙と礫《つぶて》の襲来がすぎ去るのを待つほかなかった。

だが、その間にも砲声が二度続き、その砲弾は、びゅうん、びゅうん、とうなって後続の隊列の左右へ着弾、轟音《ごうおん》と共に黒い土砂を巻き上げた。

悲鳴と叫び声が交錯《こうさく》し、隊列はくずれ混乱に見舞われた。

怒声が飛び、後続の筒組が入り江のロシア船に向かって火縄銃をかまえ始めた。

「たて直せ、たて直せっ」

頭の命じる声が響いたが、動揺した番兵らは統制を失っていた。

指図もないのに入り江のロシア船に向け、火縄銃を散発に放った。

「勝手に撃つな。指図を待て」

後続の中の小頭《こがしら》が叫んでいた。

途端、ロシア船の舷側に白い煙が上がった。

しゅしゅしゅ、と上空を飛びこえた砲弾が、道からやや離れた黒い大きな火山岩に命中した。

雷鳴に似た雄叫《おたけ》びがひと声とどろき、八方にくだけ散った大小の岩石、石塊《いしころ》が番兵らに雨のように降りそそいだ。

「わあ……」

喚声《かんせい》が飛び交《か》い、うつぶせる者、坐りこむ者、転がって逃げる者などで隊列は完全に乱れた。それでも土まみれの頭が先頭の筒組に、

「敵は小勢ぞ。恐れるな。筒組、かまえっ」

と、鞭を前方、海岸にいるロシア兵へ向けた。

火縄銃を担ぐ筒組が火挟《ひばさみ》を、がちゃがちゃ、と起こしつつ、ようやく備えに入った。

が、態勢が整いかけたところへ、ロシア兵の銃口が先に火を噴《ふ》いた。

乾いた音が一斉《いっせい》にはじけ、白い煙が前方のロシア兵を包んだ。

筒組のすぐ目の前に幾《いく》つもの土煙が、ぱしぱし、とたった。

頭のすぐ上を弾丸が、ひゅんひゅん、とうなった。

前列の筒組がうろたえ、中には首をすくめたり尻餅をついたりする者もいて、備えた態勢が崩れた。

前方の白い煙の中に、サーベルを肩にかざしロシア兵の傍らにすっくと佇《たたず》んでいる士官の赤い軍服が見えた。

「怯《ひる》むなあっ」

頭がまた喚いた。

驚くべきことに、筒組が崩れた態勢をたて直す間に、ロシア兵らはすでに新しい玉をこめ終えている様子だった。

二段備えに銃をかまえた兵たちに、士官が何か号令をかけていた。

「放てえっ」

頭のひと呼吸おいた指図は、着火までに間のある火縄銃の遅れと重なった。

どどどぉぉぉ

火縄銃の一斉射撃の轟音が番兵を包んだのは、ロシア兵の銃口が再び火を噴き、乾いた音がはじけたあとだった。

そのうえ、筒組の火縄銃とロシア兵の銃には火力の差がありすぎた。

すぐ足元にたった土煙や耳元にうなる弾丸に怯んで番兵の陣形はまたしても崩れたのに、火縄銃の一斉射撃を浴びせたロシア兵の隊列は少しも乱れていなかった。

ぴしっ、と銃弾が頭の腕をかすめた。

あ、たあ――と、頭が腕を押さえて転倒し、

「やられたぞおっ」

と、番兵のひとりが叫んだ。

「頭を退《ひ》かせろ、頭を退かせろ」

その声がきっかけになった。

筒組は多勢で、まだほとんどが無疵《むきず》だったにもかかわらず、助け起こした頭をとり巻いて退き始めた。怯《おび》えが、ほんの小さなきっかけで前線に芽生《めば》えた途端、一瞬の間に後続の番兵の間にまで広がった。

番兵らはたちまち浮足だった。

前方のロシア兵の銃が三度放たれ、土煙が舞い、道端の岩肌に跳ね、弾丸が虫の羽音のように空中にうなり、そこに、しゅしゅしゅ、どかあん、と炸裂したロシア船の砲弾の火炎と土砂が追い打ちをかけた。

「な、なんだ？」

と、後方が戸惑《とまど》っているところへ、算を乱し、わあわあ、と総くずれにくずれてくる前線の恐怖が伝染し、津軽と南部の二百名の番兵はあっけなく敗走し始めた。

火ぶたがきられて、わずかの間だった。

番兵は紗那の運上屋《うんじようや》でもある番所を捨てて、振別《ふれべつ》のアイヌの村まで一気に敗走した。

振別まで逃げて、疲れきり息が乱れる中で、ようやく正気をとり戻した。

頭はひとまずここで番兵をまとめ、振別でロシア兵を迎え撃つ備えを命じた。

損害を調べさせたところ、頭自らが腕に受けた銃創のほかはみな飛散した礫が当たったり、自ら転んだかすり疵ばかりで、あれだけの敗走にもかかわらず重傷者や死者がひとりも出ていないことが意外だった。

だがそれはすなわち、津軽兵と南部兵の無様《ぶざま》なていたらくをさらけ出していることにほかならなかった。

これはまずい――と頭は思った。

振別もロシアの快速船がきて海上より砲撃を加えられれば持ち堪《こた》えられないとわかっていたが、このまま逃げ廻《まわ》っていてはあとで責任を問われかねなかった。

「ええか。奥州《おうしゅう》侍の意地にかけて、赤えぞがきてもここから一歩も退いてはならん。日が暮れたら紗那の番所へ夜襲をかけ、奪いかえす。わかったな」

頭が喚いているところへ見張りの番兵が駆けてきて、大声で報告した。

「紗那の番所の方から煙がのぼっています」

確かに、北東の紗那の方角の空に煙がのぼっていた。

「やられたか。うう……」

頭はうめいた。

あちこちで「ありゃあ」と、落胆の声や溜息《ためいき》がもれた。

武器以外の身の廻りの物や米や酒、木綿の衣類などは番所においたままである。ロシア兵はそれを奪うか、あるいは番小屋と一緒に焼き捨てたのだろう。

去年、樺太《からふと》の松前《まつまえ》藩の運上屋でもロシア兵の焼き打ちがあった。そのために択捉でロシア兵に備えていたはずの自分らが、ロシア船からの砲撃に怯まされ、なす術《すべ》なく敗走したことになる。

くそっ、これはまずい――頭は腹だたしげに繰《く》りかえし、鞭をうならせた。

そのとき、海上を見張っていた番兵が声を張り上げた。

「頭、赤えぞの船が去っていきます」

みながどよめきながら海岸へ走った。

すると、濃い紺《こん》色が果てしなく広がる沖へ、ゆるやかに出船していくロシア船の白い帆と船影が見えた。

二

七十石積《こくづみ》のオムシャ船は、択捉と国後《くなしり》の間の海峡を帆走《はんそう》した。

この海峡は三つの流れの速い潮流が交錯し、衝突してうず巻き、北の海の最も危険な海域のひとつだった。

　択捉航路を知りつくしたアイヌの漁師でさえ、油断をしていると船が急な潮流の衝突に巻きこまれ、船ごと海の底に呑《の》みこまれてしまう海難も珍しくはなかった。

　竹村《たけむら》屋雁右衛門《かりえもん》は、海原《うなばら》の彼方《かなた》にくっきりと見える国後東端の安渡移矢《あといや》の崖《がけ》を目印に艫《とも》の舵柄《かじづか》をとっていた。

　海の穏やかないい日和《ひより》だが、強い波が舷側の波よけを絶えず叩《たた》いていた。船の周りをオオセグロカモメが飛び廻り、国後の空にはコシジロウミツバメの群れが見えた。

　四人の水夫《かこ》は帆綱をつかんで船縁《ふなべり》の所定の位置につき、潮流や空模様に目配りを怠《おこた》りなく雁右衛門が舵をきるときを待っていた。

　舳《へさき》に松前のアイヌの男・エトコロがいて、航路の潮目《しおめ》に目を凝《こ》らしている。

　エトコロは雁右衛門のオムシャ船の有能な水先案内人であり、択捉の北東の島・得撫《うるっぷ》でのロシア人との交易でなくてはならぬ通詞《つうじ》役である。

　三輪籐九郎《みわとうくろう》なきあと、雁右衛門の水先案内人と通詞役に雇われ十年近くになる。

　六十近い歳《とし》で今なお衰えを知らぬ強靭《きょうじん》な体力を持ち、海風になびく長く垂《た》らした白髪や同じく白い口髭《くちひげ》がその風貌《ふうぼう》によく似合う、誇り高きアイヌだった。

雁右衛門に北の海の広大さ、豊かさと美しさ、そして恐ろしさを教えてくれた師であり、仲間でもあった。

船は昨日得撫の《場所》（商《あきな》い場《ば》）を出船し、昨日のうちに国後と択捉のこの海峡をこえて、今日の今ごろは根釧沖《こんせん》を箱館《はこだて》へ航行しているはずだった。

得撫では積めるだけの昆布、鮑《あわび》、海鼠《なまこ》をロシア商人より仕入れた。

これを箱館で干物に加工して東廻り航路で江戸へ運び、江戸より上方《かみがた》への南海路をへて瀬戸内《せとうち》から長崎まで荷送《にそう》する。

そうすると、北の海で獲《と》れた海産物の干物が長崎の唐人《とうじん》商人相手に飛ぶように売れるのだ。

七十石積のひと船の交易が、どれほどこの国を豊かにするだろう。

ところが昨日、得撫よりの戻りに寄った択捉の紗那で、津軽と南部の番兵らに抜荷の嫌疑をかけられた。

雁右衛門は四人の水夫とエトコロともども捕らえられ、番所に連れていかれた。

夜遅くまで厳しいとり調べを受け、おまけにひと財産はあった交易品を津軽と南部の番兵が自分たちの肴《さかな》にできる少量を残し、すべて捨ててしまった。

言葉にはできないほどの莫大《ばくだい》な損害だった。

今朝、昨夜の続きのとり調べが始まってすぐ、ロシア船が紗那の沖に現われ、赤い衣服をまとったロシア兵が上陸したとの見張り番の知らせが入った。

紗那の番所は大騒ぎに包まれた。

津軽兵の番人頭が雁右衛門らの見張りに数名を残し、二百人ほどの番兵を率《ひき》いて海岸へ向かった。

みな、「ひと駆けに蹴散《けち》らすべえ」という鼻息だった。

番兵らが海岸へ向かって四半刻《しはんとき》（約三十分）もたたぬうちに、海岸の方より砲声が轟《とどろ》き、着弾のたびに番所の小屋がゆれた。

さらに銃声と番兵の喚声が起こって、ロシア兵を蹴散らしているのだろうと思っていたら、突如、敗走する番兵の凄まじい足音が番所の周りに起こった。

「赤えぞがきたあ」

「逃げろっ。番所に大砲が撃ちこまれるぞ」

敗走する番兵が叫びたて、雁右衛門らの見張り役も慌《あわ》てて番所を捨ててしまった。

雁右衛門らは縄目を受けたまま取り残され、あたりはしんと静まりかえった。

「どうなっているんだ」

と、顔を見合わせているところへ、赤い衣服のわずか二十名足らずのロシア兵たちが「ウラー」と喊声《かんせい》を上げて突入してきた。

兵たちは番兵がいないのを確かめると、拘束《こうそく》された雁右衛門らを放ったまま、番小屋の中を荒らし廻り、米や酒など食べ物を物色し、番兵の私物と思われる粗末な帷子《かたびら》をひらひらさせて哄笑《こうしょう》した。

やがて、雁右衛門の前にサーベルを提《さ》げた頭らしき若い兵が進み出てきた。

頭は雁右衛門らを順々に指差し、ロシア語で何か言った。

エトコロがロシア語でかえすと、頭は笑顔になってみなの縄目を兵にとかせた。

そして、エトコロと身ぶり手ぶりを交えてしきりに話しこんだ。

頭はエトコロと同じくらい背が高く、上機嫌に見えた。

エトコロとしばらく話したあと、雁右衛門へ向きなおり、両手を広げて丁寧《ていねい》な口ぶりで頭は何か言った。

それから、綺麗《きれい》な歯並みと白い頬《ほお》を赤く染めて童子《どうじ》のように笑った。

「交易品を失って、気の毒と、言っている。次は上手《うま》くいくこと、祈っているとも。もういっていいそうだ」

エトコロが通訳した。

七十石積のオムシャ船の舳で、エトコロが長い腕を南へゆったりとふった。

まるで、降りそそぐ日差しの下で厳《おごそ》かな儀式をとり行っている仕種《しぐさ》に思える。

エトコロのその仕種を合図に、雁右衛門は安渡移矢の崖から南の海原へ目を転じ、力強く舵をきる。

船は波を蹴たて、針路を南へ変えていく。

帆が、ぼん、と音をたてて横からの風をはらませた。

雁右衛門は四人の水夫を励ました。

「気を引き締《し》めろ。突っ走るぞ」

水夫らは「おおっ」と応《こた》える。

白い帆が丸々とふくらんだ帆柱を軋《きし》ませつつ水夫たちはかけ声をかけ合い、舳のエトコロの白い髭が海風になびいた。

海は穏やかでも潮流は激しい。

雁右衛門のオムシャ船は空を突いては谷へ落ち、また空へと繰りかえし、南へ南へと海峡を乗りこえていく。

ここからは国後の北へ走る潮流に逆らい南へ航行し、国後南岸沖へ廻りこむ。

国後の南岸沖に出れば、ひとまずは安心である。

青空の下で国後の断崖や断崖に舞うコシジロウミツバメが船に合わせて大きくゆら

めき、繰りかえし寄せくる波が舷側の波よけを激しく叩いた。

その日は、エトコロの知り合いがいる国後のアイヌの村に宿を借りた。

翌朝は、風があって海が少々荒れていた。

だが、ここ数日続いた好天にその日も恵まれ、北の海の夏の日差しがギヤマンの器《うつわ》のような光の粒を海にちりばめていた。

国後から納沙布《のさっぷ》岬沖へ航行し、そこから根釧海岸沖を西へとって襟裳《えりも》岬をすぎ、箱館を目指すのだ。

殊《こと》に納沙布岬から箱館までは慣れた海路だった。ただ、珍しくエトコロが、

「雁右衛門、こういう日は、空、変わりやすい」

と、むつかしい顔つきになった。

それでも雁右衛門は、少々無理をしても箱館へ戻りたかった。

昨夜、エトコロや水夫らと語り合った。

箱館から空船《からぶね》で江戸へ帰るわけにはいかぬ、北前船《きたまえぶね》が入る江差《えさし》で交易品を仕入れ、ひと稼《かせ》ぎして少しでも損をとりかえしたい、と雁右衛門はみなに言った。

エトコロが、西えその留萌《るもい》の場所に知っているアイヌがいる。案内する、きっと儲《もう》

かる、と言った。

留萌のアイヌとひと交易して江戸へ戻る、と相談が決まっていた。

「船路《ふなじ》に少々の危険はつきものだ。エトコロ、おまえがいれば大丈夫だ」

雁右衛門はエトコロのむつかしい顔へ笑いかけた。

早朝、オムシャ船は国後から帆を一杯に張り、波を蹴たてて納沙布岬を目指した。

海は荒れていたものの、航海は順調だった。

納沙布岬をすぎて、針路を西の根釧海岸沖へ転じたのは昼前だった。

北の海の彼方に、根釧海岸の果てしないつらなりが見えた。

だが、根釧海岸沖を帆走しお天道《てんと》さまが天空の真上にきたころ、根釧海岸とは反対側の南の空に、いつの間にか巨大な雷雲が現われていた。

澄み渡った南の青空に、巨大な墨色の雷雲が幾層にも盛り上がり、発達し、雲頂で巨大な朝顔が花開いたようなうず巻き状に広がっていた。

雁右衛門は背筋の凍る不気味さと、神秘の美しさに息を呑んだ。

エトコロは長い白髪と髭を海風に任せたまま、空に咲いた雷雲に見入っていた。

髭に覆われた唇が、何かの呪文《じゆもん》を唱えているかのごとくに震えていた。

「雁右衛門、カムイの機嫌が悪い。大きな嵐がくる。厚岸《あつけし》が近い。厚岸でカムイの機嫌がよくなるのを待とう」

　エトコロが言った。

　水夫たちも「親方、こりゃあまずいですぜ」と雁右衛門を促《うなが》した。

　いつもの雁右衛門なら、エトコロの進言に従わないことはなかった。

　エトコロの言葉を、雁右衛門は心から信頼していた。

　だがそのとき、雁右衛門の脳裡《のうり》に、一瞬、かすかな懸念が走った。

　ほんの束《つか》の間《ま》の、雁右衛門の定めを決したひらめきだった。

　寛政《かんせい》十一年（一七九九年）の東えぞ上知《あげち》によって仮直轄地になって以来、えぞ交易の厚岸場所には幕府の会所が設けられていた。

　万が一、と雁右衛門はそのとき考えたのだった。

　紗那の番所から抜け荷の知らせが厚岸の会所に届いていたら厄介なことになる。

　雁右衛門は懐《ふところ》深くに隠した短銃を、上着の上からなぞった。

　数年前、お露《つゆ》から数十発の弾丸と一緒に譲られた、お露の祖父・三輪籐九郎が持っていた異国の短銃だった。

「筒の短い一番小さな型だぞ。用心に、持っている」

　と、籐九郎が言っていた短銃だった。

紗那の番兵らは異国の短銃を見たことがなかった。

抜け荷の高が交易人ごときが異国の銃を持っていることに驚きを覚えたようだが、火縄式ではない銃の使い方がわからず、番人頭がとり上げ身の廻りの物と一緒に放置していた。

ロシア兵の若い頭が雁右衛門をとき放った折り、

「これがあなたの身を守ってくれますよ」

と、微笑《ほほえ》んでかえしてくれたのだった。

お露がついている、と雁右衛門は懐の短銃に触れて思った。

「大丈夫だ、エトコロ。わたしに任せろ。嵐を追い風にこのまま箱館まで突っきる」

エトコロに言った。

雁右衛門は商人だが、この十年のえぞ交易でオムシャ船の操船に熟達していた。

それでも水夫たちは「え?」と、意外な顔つきになった。すると、

「カムイの心に逆らっても無駄だ、雁右衛門」

と、普段物静かなエトコロが激しい口調で言いかえした。

「つべこべ言うな。頭はわたしだ。みな、わたしの指図に従え」

エトコロは口を閉じた。

それからゆっくり天空を仰《あお》いだ。

澄んだ青空に鳥影はなく、ただ不気味な風だけがうなり始めていた。

刹那《せつな》、エトコロの顔に己《おのれ》のすべてをカムイに委《ゆだ》ねる荘厳な諦《あきら》めが見えた気がし、雁右衛門は戦慄《せんりつ》を覚えた。

「いくぞっ。風に乗れ」

雁右衛門が喚いた。

真っ白な帆が風に打たれて、ばたばた、と鳴った。

次の瞬間、水夫のひとりが南の海を指差して叫んだ。

「た、竜巻だあ」

指差す方向にみながふり向いた。

黒く巨大な雷雲の朝顔の底から海面まで、三本の渦がきりきりと下垂しているのを認め、みな絶句した。なんだあれは、とみな思った。

「カムイだ」

エトコロがひと言、呟《つぶや》いた。

「親方あ」

別の水夫が怯えた声で雁右衛門へ喚いた。

すると、たった今まで澄んでいた空が見る見るうちに黒く濁《にご》った雲に覆われた。

風の重苦しいうなり声が、不気味な轟音に変わっていった。

ごご……と、立っているのさえままならない暴風が吹き荒れた。

凄まじく強力な波の揺らぎが、海面を震わせ伝わってきた。

そして海面は白く泡《あわ》だち、見たこともない荒々しさでうねり始めた。

その上に、三体の黒い竜が身をくねらせつつ猛烈な速さで、明らかに雁右衛門の船に狙《ねら》い定め、追ってきているのがわかった。

それでも雁右衛門は帆を下ろさなかった。

「この風に乗って箱館へ帰るのだ」

と、カムイの意志に歯向かった。

しかし、もっとも巨大で真っ黒な竜がオムシャ船に肉薄するのに、それから四半刻もかからなかった。

黒雲の大河が天空へと逆巻き、まるで舞を舞っているかのようだった。

船の周りの海面が激流になって黒雲の大河に吸い寄せられていた。

竜の閃光《せんこう》が黒雲を引き裂くと、瞬時に絶叫が鉄槌《てっつい》となって海原に打ち落とされた。

そうして、またたく間に耳を打つ雄叫びとともに竜が船に襲いかかった。

轟音と猛烈な渦に包まれ、みなの悲鳴はかき消えた。

竜の渦巻きが船を横殴《よこなぐ》りに叩くと、船体は打ち震え、ぐるぐると旋回し始めた。

海が黒い滝になって天に向かって降っていた。

もう誰も言葉を発することができなかった。

言葉など、励ましなど、祈りなど、カムイの怒りに通ずるはずがないことを、船の中のみなが思い知らされていた。

みなはただ震え、神の仕打ちに身を委ねるしかないことを思い知らされていた。

初めに帆柱が割箸《わりばし》のように折れ、水夫二人とともに黒雲の渦の中に呑みこまれた。

続いて、波よけ、艫の櫓《やぐら》、船板が瞬時に破れ、船は旋回しながら逆巻く海面から、ぶうん、と浮き上がった。

船は天地もわからずに激しく錐《きり》もみしながら、ばらばらに崩壊し出した。

その間、舷側にへばりついていた二人の水夫が飛んでいった。

雁右衛門は舵柄に四肢《しし》をからませ身体《からだ》を支え、水押《みよし》に逆立ちするようにとりついていたエトコロの名を懸命に呼んだ。

「エトコロ、エトコロ……」

しかし竜の咆哮《ほうこう》のほかは、己の声すら聞こえなかった。

稲妻《いなずま》の閃光と雷鳴が、かろうじて形を留めていた船を真っ二つに引き裂いた。
エトコロが回転しながら黒雲に呑みこまれていくのが見えた。
「カムイ」と言っているように見えた。
そのとき、雁右衛門の四肢をからませていた舵柄がくだけ飛んだ。

第一章　二十三年目

一

文政《ぶんせい》（一八一八～三〇年）の半《なか》ば、師走《しわす》の江戸に雪が降った。

雪がやんだ夜五ツ半（午後九時）すぎ、小石川伝通院《こいしかわでんずういん》と金杉水道町《かなすぎすいどう》の境《さかい》の脇道を、旗本・宮島泰之進《みやじまやすのしん》と供の一行が、三百坂下《さんびやくざかした》通り先、久保《くぼ》町東隣《どなり》の屋敷へと戻っていた。

一行は八百石《こく》の宮島泰之進と供侍二名、提灯《ちょうちん》を提《さ》げた草履《ぞうり》とりの中間《ちゅうげん》、槍持《やりも》ちの五名だった。

伝通院前表《おもて》町から西側脇道を北へとった日影《ひかげ》町と言われる一画で、西側に町家、東側に伝通院境内《けいだい》の真っ白に雪をかぶった樹林が、三百坂に門をつらねる武家屋敷地の先までずっと続いている。

周辺には、三百坂から三百坂下通りにかけて辻番がない。自身番も陸尺《ろくしゃく》町と白壁《しらかべ》町のもやいの番屋しかなく、しかもだいぶ離れていた。

深々と冷えこんだ師走の夜、町は早々と寝静まっていた。

宵《よい》に雪がやんで丸い月が夜空に懸《か》かり、雪道を青白く照らしていた。

道の先を野良犬の月影が、寂《さび》しく横ぎっていくばかりである。

宮島も供侍も厚底の草履だったが、雪道は歩きにくく、歩みはのろかった。

月明かりが五人の黙々と吐く息を白く照らしていた。

伝通院の樹林の積雪が落ちて、ざわ、と松の枝葉がゆれた。

宮島が歩みを止めて編笠を上げ、伝通院の樹林へ眼差《まなざ》しを投げた。

駕籠《かご》にすればよかった、と思ったものの、これしきの雪、えぞの吹雪《ふぶき》に較《くら》べれば何ほどのこともない、と苦笑になった。ただ、

「歳《とし》だな」

と、宮島は呟《つぶや》いた。

「旦那《だんな》さま、いかがなされましたか」

従う供侍のひとりが言った。

「ふむ。難儀な雪だ」

宮島は後ろに応え、雪道の前方へ小さな笑顔を戻した。

一行が三百坂にかかる少し手前まできたときだった。

雪道の七、八間《けん》（約十三、四メートル）ほど先に、菅笠《すげがさ》に、黒の廻し合羽《がっぱ》を羽織った侍が佇《たたず》んでいるのを認めた。

侍は樹林の影と月明かりの間に佇み、じっと宮島一行を見つめているかのようだった。

菅笠の下に顔が隠れていた。

長身痩軀《そうく》の、顎《あご》に鬚《ひげ》が見えた。

浪人か。

と、宮島は歩みを進めず、侍を見守った。

二人の供侍が気づいて、雪を蹴《け》たて宮島の前へ走り出た。

ひとりが中間の提灯をとり、佇む侍へかざした。

用心深く進んだ。

「宮島泰之進さま、ですな」

不意に、佇む侍の張りのある声が雪道に響いた。

「そこをどけ。無礼者」

供侍のひとりが厳しくとがめた。

二人は佇む侍の左右をとるように、開き加減になった。

ひとりが刀の鯉口《こいぐち》をきり、もうひとりも提灯を高くかざし、すでにいつでも抜ける体勢をとっていた。

「えぞの冬は、寒うございましたな」

侍は宮島へ向けた痩軀を微動だにさせずに言った。

えぞ？　ふと、宮島は思うところがあった。

「待て。その方、えぞを存じておるのか」

宮島が供侍の動きを制した。

ふふん……

侍が苦笑を抑え、少し肩がゆれた。

「存じて？　ふふ、存じ方にもよりますが、おそらく、あなたよりはえぞを知っておるでしょうな」

以前見たような気もするが、はっきりした覚えがなかった。

侍の合羽がゆれた。

合羽の胸元あたりより長い腕が宮島へ、事もなげにまっすぐ差し出された。

手の先に、月光に映《は》えたひと握りの、短く黒い得物《えもの》が握られていた。

短銃、と気づくのに間はかからなかった。それも火縄ではない。一度見たことがある。異国の銃だ。しかし、威力はよく知らなかった。

侍は、がちゃ、と撃鉄を起こした。

供侍が雪を鳴らして身がまえた。

もうひとりが短銃に気づいて捨てた提灯が、音もなく燃え始めた。

しかし、侍は供侍二人に一瞥《いちべつ》もくれなかった。

宮島は動揺を抑え、立ちすくんだまま言った。

「名と、用を申せ」

「名乗るほどもない身分低き者です。あなたとお目にかかるのは今宵《こよい》が二度目です。あなたには言いつくせぬ貸しがある。それをかえしていただきに、まいりました」

「貸し？　その方、何を言うておる。わたしに何を貸した」

「恨《うら》みです。夥《おびただ》しい人の……」

宮島は黙っていた。

「覚えていませんか。いつもぬくぬくと暮らしておられるあなた方は、人に味わわせた苦痛などは覚えてはおられないのですな。ならばそれでよろしい。わからぬまま死んでゆく。少しはそういう苦痛を味わわれよ。成仏できず、迷いなされよ。先にいかれた吉岡《よしおか》さまも、成仏できず迷っておられるでしょう」

侍の張りのある声が言った。

「あっ」

宮島は一瞬、何かに気づいたかのように目を瞠《みは》った。

供侍二人が抜刀し、左右から大股《おおまた》に踏み出した。途端、

「慮外者《りよがいもの》っ」

かちっ、しゅっ、どおん……

と、夜空に銃声が響き渡った。

「やっ⁉と、旦那さまあっ」

供侍のひとりが叫んだ。

今ひとりが上段にとり、侍へ打ちかかっていった。

その胴へ、突如、わきから黒い影が衝突し、攻撃をはばんだ。

そして、瞬時に走り抜けた。

供侍は悲鳴を発し、くるりとひと舞いして血飛沫《ちしぶき》を噴《ふ》いた。

その供侍が倒れたとき、残った供侍は、いつの間に現われたのか、一行の前後に幾《いく》つもの黒い人影が立っているのに気づいた。

みな菅笠をかぶって黒い合羽を着け、中に人の背丈をこえるほどの短い素槍を手にしている者がいた。

残った供侍はうろたえた。

震える刀を左右へふり廻し、「人を、人を呼べえっ」と怯《おび》えて雪道にうずくまっている草履とりと槍持ちへ喚《わめ》いた。そうして、

「あいやあああっ」

と、ひとつの黒い影へ突進を試みた。

夜の町に犬の吠《ほ》え声が次々に起こった。

小石川伝通院前陸尺町と白壁町のもやいの自身番に、人影がひとつ二つと忙《せわ》しなげに出入りしていた。

ただ、雪が積もった寒空の下、夜更《よふ》けには、騒ぎを聞きつけて自身番の周りに集まった野次馬はとっくに姿を消していた。

自身番の店番がひとり出たあとの腰高障子《こしだかしょうじ》の奥に、町方同心の八文字眉《はちもんじまゆ》が見えた。

同心は上がり框《かまち》に立った店番が障子を、がたん、と閉じるまで、人待ち顔で外の様子をうかがった。

店番は上がり框を下りて足駄《あしだ》をつっかけ、砂利を鳴らしつつ、

「うう、さぶい」

と、布子《ぬのこ》の半纏《はんてん》の前襟《まええり》をぎゅっと引き絞《しぼ》った。

伝通院の西側脇道から三つの遺体を運んだ大八車を追いかけてきた野良犬が、大八車の周りをかぎ廻って店番に吠えかかった。

三台の大八車の周りでは、提灯を持っていた宮島家の中間が、これも寒そうに紙合羽を羽織った肩をすぼめていた。

「こう寒くっちゃあ、堪《たま》りませんね。今、手伝いを呼んできますから」

「へえ、よろしく」

中間が弱々しく応《こた》え、それからくしゃみをひとつした。

「そいじゃあ。うるさい野良犬だな。あっちへいってろ」

店番が野良犬を睨《にら》み、雪道へ歩きにくそうに足駄を咬《か》ませた。

入れ替わりに、伝通院前表町の方から足早に近づいてくる二つの人影と提灯の明かりが見えた。

大八車の亡骸《なきがら》の見張りをしていた中間は、自身番の腰高障子へ声をかけた。

「お見えになりました」

表の腰高障子がさっと開けられ、自身番から町方同心と宮島家の用人《ようにん》、それに当番の年配の町役人が外へ出てきた。

「おお、助弥《すけや》。ご苦労だった」

「へえ、お連れいたしやした。先生、こちらです」

背のひょろりと高い手先は、風呂敷《ふろしき》で包んだ籐《とう》の行李《こうり》を肩に背負《せお》っていた。

中背《ちゆうぜい》の白髪が目だち始めた総髪に一文字髷《いちもんじまげ》の男が、少々息をきらせながら言った。

「診療道具はひとまず、そっちへおいてくれ。ふう……」

「先生、夜更けにすまなかったな」

「かまわんさ。だが雪の富坂《とみさか》はきつかった。なあ助弥」

京橋《きようばし》は柳《やなぎ》町の蘭医《らんい》・柳井宗秀《やないそうしゆう》が、診療道具を入れた籐の行李を肩からおろしている助弥に言った。

「あっしは歩き廻るのが仕事だからこれぐらい平気でやすが、先生にはちょいときつかったでやすかね」

助弥は行李を自身番の上がり框におき、片手に提げた提灯の明かりの中で白い息をはずませた。

「今夜は《喜楽亭《きらくてい》》にいったのかい」

「いくもんか、こんな寒空に。往診もなかったし。で、こちらかね」

宗秀が大八車をとり巻いている用人や当番、中間を見廻した。

「柳町の柳井宗秀先生です。探索の手がかりにするため、医者の目で仏さんの疵跡《きずあと》を調べさせていただきやす」

一同が宗秀に一礼した。

宗秀は、医術一筋に生きてきた味わいのある笑顔をかえした。

痩《や》せた丸い背中や皺《しわ》の多い顔つきは老けて見えるが、まだ四十をすぎて何年もたっていない歳である。

「この仏さんだ。先生の見たてを聞かせてもらいてえ」

一台の大八車の亡骸へかぶせた筵茣蓙《むしろござ》を足元までめくったその同心は、北町奉行所定町廻《じょうまちまわ》り方《かた》・渋井鬼三次《しぶいきさじ》である。

渋井は八文字眉の下の、疑《うたぐ》り深そうなちぐはぐな目を亡骸へ向けた。そして、尖《とが》った顎の厚めの唇を、顔一杯にへの字に結んだ。

歳のころは蘭医の宗秀と似たり寄ったりの四十そこそこ。

綽名《あだな》は《鬼しぶ》である。

浅草本所深川《あさくさほんじよふかがわ》あたりの盛り場で、誰が言い出したか知らないが、土地のやくざらの間では、以前から渋井鬼三次ではなく鬼しぶで通っている。

殊《こと》にやくざや地廻りを大勢手下に抱えている顔利《かおき》きやら貸元らの親分衆は、あの不景気面《づら》が現われると闇夜の鬼さえ渋面《しぶづら》になるぜ、と渋井を忌《い》み嫌う。

だから鬼しぶなのさ、と人は評判をたてるが、

「けっこう毛だらけ、猫灰だらけ」

と、そんな嫌われぶりを自ら嘲《あざけ》る、渋井は妙なひねくれ者でもある。

渋井がめくった筵莫蓙の下に、宮島泰之進の亡骸が横たえられていた。

止《とど》めを刺されたのか、首筋に突き疵の血痕があった。

ただし、止めにしては血が少なかった。

「うん？　これは……」

と、宗秀が亡骸へ上体をかがめた。

助弥が提灯を、亡骸が見やすいようにかざした。

宮島の眉間《みけん》中央より五、六分《ぶ》（約一・六、七センチ）ほど上の額《ひたい》に、ぽっかりと丸い穴が開いていた。

噴き出した血をぬぐった跡が顔中に残っていた。

その疵から血が多く噴いたのだろう。

宗秀は亡骸に掌《て》を合わせた。そうして疵の周りを指先で軽く押した。

すると、皮が窪《くぼ》み、乾いた血の間から新たな血が、ぼ、とこぼれ出た。

どうやら、穴の周りの骨がくだけているらしい。

宗秀は侍らの方へ顔を上げ、渋井へ廻した。

「銃創だな」

「それも短銃らしい。だから先生にきてもらったのさ」

「短銃？　見た者がいるのか」

「いる。あとで話を聞かせる。この仏さんは旗本八百石の殿さまで宮島泰之進さま。そっちの二人の亡骸は宮島さまの供だ。こちらの方々は宮島家の用人勤めをなさっておられる……」

と、用人、中間、そして自身番当番の順に、大八車の傍らに立つ男らの名を宗秀につげた。

「知らせを受けて亡骸を引きとりにこられたのを、この疵を宗秀先生に検視してもらうため、無理を願って検視の終わるまで引きとりを待っていただいているのさ」

「そうか。ならば速《すみ》やかに行わねばならんな」

あとの二人の亡骸は、斬り疵、突き疵だった。

夥しい出血の跡が紙合羽や着物に残っていた。

宗秀は着物の袖《そで》を邪魔にならぬように脇へ差しこんだ。

それから診療道具を入れた籐の行李より、小柄《こづか》ふうの小刀《こがたな》、細い竹箆《たけべら》を折り曲げたような形の竹箸《たけばし》、晒《さらし》の布などをとり出した。小刀を用人らへかざし、

「これは人を疵つけるための刀ではなく、人を治療し、人の身体《からだ》を調べるために用いる医術用の刀です。仏の銃創の形を調べたい。撃ちこまれた玉が残っておるゆえ、できればそれもとり出したい。少々仏の身体を疵つけることになりますが、お許し願えますか」

と言った。

「え？　仏の、旦那さまの身体をこれ以上に疵つけるのでござるか」

年配の用人が顔を歪《ゆが》めた。

「結果として疵つけることにはなります。ただ、玉を調べることで、手をくだした者を捕らえる手がかりが見つかる見こみがあります。疵跡はわたくしがあとで針と糸で縫《ぬ》い、できるだけ綺麗《きれい》にいたします」

「針と糸で？」

「お聞きになったことはありませんか。西洋の医術では疵ついた者の皮を針と糸で縫い合わせ、血をとめる治療を大昔からすでに行っております」

「お願いします。大事なことなんですよ」

渋井が用人に言った。年配の用人と中間が顔を見合わせ、

「手がかりを見つけるためならば、何とぞ、先生のよろしいように」

と、用人が頷《うなず》いた。

「では、助弥、提灯をもっと顔に近づけてくれ」

宗秀は刀を握りしめ、宮島の亡骸へかぶさるように上体を曲げた。

そうして指先を血まみれにしながら、宮島の額の穴を調べ始めた。

皮を少し裂いて、疵の中の様子を探った。

用人と中間、当番の町役人が「わっ」と声をもらし、目を背《そむ》けた。

「ううん、深いな。手応えはあるのだがな」

宗秀は晒で疵の血をぬぐっては天眼鏡《てんがんきょう》で疵口をのぞき、ぶつぶつと呟いた。

宗秀の吐く荒い息が、亡骸の顔を包んでは消えた。

やがてみなが固唾《かたず》を呑んで見守る中、竹箸を差し入れ、ゆっくりと宮島の額の奥か

ら血まみれの小さな塊《かたまり》をとり出した。

「よし。とれた」

ほお、みなの吐息がそろった。

だが、次に宮島の額の疵口を小模様《こもよう》のようなでき栄《ば》えで丁寧《ていねい》に縫合《ほうごう》するのに、玉をとり出すよりもっと長いときがかかった。縫合が終わったとき、刺すほどの寒気にもかかわらず、宗秀の額にはほんのりと汗が浮かんでいた。

「ご苦労だった、先生。さすが、腕が違うぜ」

渋井が顔をほころばせた。

「まったく、大したもんでやすね、先生」

助弥が提灯をかざしつつ、手拭《てぬぐい》で宗秀の額の汗をぬぐった。

「玉を洗いたいのだが、井戸はあるか」

宗秀が当番に訊《き》いた。

「井戸はございますが少々離れております。ただ今水を汲《く》んでまいります。しばらくお待ちを願います」

雪道に足駄を鳴らしてゆく当番に、野良犬がまたやってきてしつこく吠えた。

二

宗秀が火鉢に熾《おこ》る炭火で凍《こご》える掌をすり合わせつつ、温めていた。

もう真夜中をすぎて八ツ（午前二時）に近かった。

間口二間（約三・六メートル）奥行四間の自身番の六畳間には、火鉢のそばに宗秀、渋井、宮島家の用人、当番が車座になり、当番の後ろに二人の店番、渋井の後ろに助弥、中間は用人の後ろにそれぞれ控えた。

宗秀の膝《ひざ》の前に、白い晒の上においた黒い玉があった。
五、六分ほどの幅の丸い鉄の玉だった。
みなは玉を見下ろして、宗秀が口をきるのを待っていた。

「渋井さん、奉行所には火縄の短銃はあるか」

宗秀が掌をもみ合わせながら、渋井へ言った。

「ああ。火縄は五十挺《ちょう》そろっているし、短銃もあると思う。なけりゃあ探すさ」

「この玉と、その火縄の短銃の玉の大きさを較べてくれぬか」

宗秀は膝の前の晒を、渋井の方へすべらせた。

「いいとも。こいつと大きさが違うのかい」

「確信はない。だが、違うような気がする」

渋井が、任せろ、というふうに首をふった。

「それでまず……」

と、宗秀が宮島家の用人へ顔を向けた。

「この玉は仏の額のこのあたりの骨を貫《つらぬ》きました」

そう言って、人差し指の先を自らの額のほぼ真ん中にあてた。

「さらに脳を貫いて頭の後ろの骨の内側にあたり、そこでとまっておりました。疵の穴を調べましたところ、玉は水面のごとく平《たいら》に、まっすぐ仏の頭を通ったのに間違いありません」

「そ、それが……」

用人が訊きかえした。

「銃は火薬を使うゆえ、撃つ者へのゆりかえしも大きいのです。ゆりかえしが大きいため撃ったときに手がぶれ、たとえ至近であっても、玉が貫いた穴は的《まと》の左右上下の斜《なな》めに通っているのが普通です。仏を撃った銃は、玉が頭の後ろの骨にまで達する威力がありました。ゆりかえしも大きかったはず。にもかかわらず玉の穴がまっすぐ通っているということは、撃った賊は銃の相当の腕前だった。間違いなく、達人の腕前です」

　宗秀は渋井へ見かえった。

「渋井さん、賊が撃つところを見たのはどなただい」

「おお、そうだ」

　と、渋井が用人の後ろに控えている中間の名を呼んだ。

「……あんた、さっきの話をもう一度先生に聞かせてやってくれるかい。襲われたとき中間がこちらともうひとりいて、もうひとりは今、屋敷へ戻っている」

「短銃を見たのはあんたなんだな。一部始終、見ていたのか」

　宗秀が中間に声をかけた。

　中間は宮島家の鳶《とび》色の看板《かんばん》（法被《はっぴ》）の肩をすぼめ、頭に手をおき困惑する素《そ》ぶりを見せた。

「一部始終っていうか、あんまり魂消《たまげ》て震えておりましたもんで、ちゃんと見ていたわけではございません。ちらちらとしか……」

「ふむ。見た限りを話してくれればいい。賊は短銃を最初から向けていたのか。それとも途中、とり出したのか」

「途中からで、ございます」

「途中から？　銃はどこに隠していた」

「賊は廻し合羽を着ており、初めは合羽の懐《ふところ》へ手を入れて隠しておりました。こんなふうに」

中間が賊の仕種を真似《まね》た。

「すまぬが、そこに立って、やって見せてくれぬか。銃をとり出す前から、とり出してかまえ、放つまでを」

「は、はい。よろしゅうございますか」

中間が用人にうかがった。

「よいとも。お見せせよ。わたしも見たい」

用人が応えた。

中間が小首をかしげやおら立ち上がると、用人は中間のために少し場を譲って、真剣な眼差しで見上げた。

「これを合羽として、賊はこんなふうに道の先に立っておりました」

中間はやや斜にかまえた立ち位置で、合羽代わりの看板の懐に手を入れた。

腰高障子に中間の影が、怪しげに映《うつ》った。

それから手をこう抜き出して……と言いながら、肘《ひじ》をやや曲げて銃をかまえる真似をし、一方の手を真似をした手にかぶせるような仕種をした。

「それは、火挟《ひばさみ》を起こしたのだな」

宗秀が訊いた。

「よくはわかりませんが、がちゃ、という音が聞こえました」

「火縄は見たか」

「いえ。火縄はありませんでした。賊のかまえた銃には火縄はついておりません」

「火縄の臭いもなかったのか」

「ありません」

「夜道が暗くて見えなかったのでは？」

「いえ。月夜ですので、賊の銃は見えました」

「だからな、火縄がなくてどうやって銃が撃てるんだって言ったんだ。けど、なかった、火縄のない銃だった、って言うんだよ」

渋井が口を挟んだ。

だが、宗秀はじっと何かを考え、短い沈黙をおいた。それから顔を上げ、

「賊と仏さんとの間はどれくらいあった」

と、続けるように促《うなが》した。

「たぶん、七間か八間はあったと思います」

「七間か八間。それほどの間があって、額の中央にとは。凄腕《すごうで》だな」

「まったく、物騒な賊だぜ」

「撃たれた仏さんはどのように倒れた」

宗秀は渋井にかまわず訊いた。

「へえ。旦那さまの身体が後ろへ吹っ飛びました。こんなふうに手足を広げて」

用人が目を閉じ、無念そうに唇を嚙《か》み締《し》めた。

「旦那さまは目を見開いたままお倒れになって。わたしともうひとりがお呼びしたんですが、お応えにもならず」

「ぴくりともせず、だな」

「そうでございます」

二人の店番が顔を見合わせ、「むごいね」「おっかねえ」と言葉を交《か》わした。

「賊は撃つ前に何か言ったか」

「はい。よくはわかりませんが、えぞの恨みをなんとかかんとかかと。それから、吉岡さまがどうのとか、聞こえたような」

「えぞ？　えぞと賊が言ったのか。松前家のえぞだな」

宗秀が渋井へ見かえった。

「そうなんだ。じつは仏さんはな……」

「わが主《あるじ》・宮島泰之進さまは、えぞ、すなわち松前奉行ご配下、根室釧路《ねむろくしろ》方面の御用方にお就《つ》きでございました」

用人が言った。

「先般おとりやめになったえぞの御奉行の、ですか」

「はい。わが主は四年ほど前、御用方のお役目を辞しておりましたが」

昨年えぞ地は松前家に返還されていたが、今年七月、松前奉行も廃止になり、えぞは幕府直轄《ちょっかつ》から松前領に復した。

「物盗り強盗の類《たぐい》ではなく、そのえぞでの恨み、なのだな」

「だろうな」

渋井が腕組みをした。

それから中間は、賊の仲間が多数現われ抵抗する供侍を斃《たお》し、賊のひとりが宮島泰之進に槍で止めを刺した有り様を話した。

「槍は短い物で、そう、一間ほどの長さでございましたでしょうか。あとから現われた者が大方、手にしておりました。賊はわたしら中間を相手にせず、伝通院の樹林の中へ消えていったんでございます」

「伝通院に賊のねぐらがあるとは思えねえ。伝通院の樹林はけっこう深いんだ。賊はたぶん、樹林にひそんで宮島さんを待ち伏せしていたんだろう。今夜の待ち伏せはさぞかし冷えたろうぜ」

宗秀は顎の無精髭《ぶしょうひげ》を掌でさすり、物思いに耽《ふけ》っていた。

「どうだい、先生。銃のことで、ほかに何かわかったかい」

すると宗秀は手を膝において、物思いの続きを語るように言った。

「鬼しぶ、いや、渋井さん。もしかするとこの一件は、町方の掛《かかり》を超えた厄介な事情がからんでいるのかもな」

「北の果ての、えぞの恨みだからかい」

ううん……と宗秀が、頷きともうめきともつかぬ声をもらし、

「銃はおそらく、異国の物だ」

と続けた。

宮島家の用人と後ろへ戻った中間、また当番や店番の男らも宗秀を見つめた。

「仏さんは銃で額を撃ち抜かれ、即座に絶命した。だから、槍で止めを刺されても大

して血が出なかった。火縄の短銃に、七間以上離れたところから放って額を貫き頭の後ろの骨まで通るほどの威力が、ないとは言えぬが……」

渋井が晒においた玉を掌《てのひら》に載せ、転がした。

「若いころ、長崎のおらんだ語の師に教えられた。西洋の銃はもう百数十年前から火縄は使っていない。銃口から火薬と玉をこめ、まず火皿の火薬に点火し、その火が筒の中の火薬に燃え移って玉が放たれる仕組みは火縄と同じだ」

「先生。火縄を使わず、どうやって火薬に火をつけるんでやすか」

助弥が渋井の後ろから言った。

「そりゃあ、おめえ、女房がそばで、あんたいっといでって、ちゃっちゃっ、と切火《きりび》をきるんだよ」

渋井が唇を曲げて助弥へ向いた。

助弥が噴き出し、当番、二人の店番、宮島家の中間も笑いを堪えた。

年配の用人だけが、こんな折りに不謹慎な、という渋い顔つきになった。

渋井は何気なしに畏《かしこ》まって見せた。

ところが、宗秀だけが真面目《まじめ》な顔をして言い足した。

「理屈はその通りだ、渋井さん」

　ええ？　と渋井は首を突き出した。

「つまり、火皿の火薬へ点火するのに火縄ではなく燧石《すいせき》を使うのだ。例えば、われらが火打石《ひうちいし》を打って附木《つけぎ》に火をつける。あれと同じなのだ。西洋の銃は撃鉄に燧石がとりつけてある。撃鉄を起こすとき、がちゃ、と聞こえたのがそれだ」

　宗秀が中間へ向いて、撃鉄を起こす仕種をして見せた。

「引き金《がね》を絞《しぼ》ると撃鉄が落ち、その先に付いた燧石があたり鉄《がね》にこすれて火花が散る。あたり鉄は矩形《くけい》の火皿の蓋《ふた》にもなっておる。落ちた撃鉄が火花を散らすと同時に火皿の蓋を開け、火花が火皿の火薬に点火するのだ。しかし、あたり鉄の蓋は撓《しな》ったものが元に戻る力を利用して瞬時に押し戻される仕かけで、火皿は蓋に覆われる。よって火皿の火薬に点火した火は筒にこめた火薬にだけ燃え移る。筒の火薬が破裂して玉が放たれる」

　渋井がうなり、ほかの者は呆然としたり、首をひねったりしている。

「西洋の銃は火縄は使わぬ。それがわかればよい。だから賊の短銃は合羽の中に隠しておけた」

「しかし、賊が仮に異国の、西洋の銃を使ったとして、それがえぞとなんのかかわりがあるのでござるか」

年配の用人が訝《いぶか》しんで訊いた。渋井は察しがついたらしく、

「もしかして、ロシアとの抜け荷か」

と、声を低くして言い足した。

「考えられる。松前家には前から噂《うわさ》があったし、アイヌとの交易を請《う》け負《お》う和人《わじん》の商人がロシアの商人とひそかに交易をしていてもおかしくはあるまい。元々、えぞのアイヌは北えぞやアムールの商人と交易を昔から行ってきた。そのえぞのアイヌと交易を行うのだから、内情は抜け荷と変わりはしない。みな知っているえぞ錦《にしき》という絹織《きぬ》物は、アムール、北えぞとの交易を通して江戸にまで入ってきた清《しん》王朝の布だからな」

宗秀が言うと、当番や店番が驚きの声を上げた。

「それに、宝暦《ほうれき》（一七五一～六四年）のころより、ロシアはえぞやわが国の近海に来航し、交易を求めてきていた。当然、ロシアの商人は御公儀の目の届かないえぞでアイヌと交易を行っているだろう。むしろ、ロシアの交易相手がアイヌだけ、のみならず、松前や和人の商人の交易がアイヌだけ、と考える方に無理がある」

「す、するとなんでござるか」

用人が眉間に深い皺を刻んだ。

「わが主を襲った異国の火縄を使わぬ銃というのは、抜け荷によって得たロシアの銃ということでござるか」

「あり得るでしょうな」

宗秀が頷いた。

「わが主は、抜け荷の大罪人らの恨みを買って今宵襲われた、と言われるのですか」

「西洋の銃とえぞの恨みという賊の言葉から、そういう推量も成りたつのではありませんかな。渋井さんはこの推量をどう思う」

渋井がまた腕組みをし、「ふうん」とうなり声を絞った。

三

大雪が降った日から数日、江戸はうららかな日和《ひより》が続いた。

日はのぼって、凜《りん》と冷たく澄んだ師走の青空が広がる朝だった。

ひとりの侍が神田《かんだ》川に架かる昌平《しようへい》橋を外神田へ渡り、明神下《みようじんした》の通りから本郷《ほんごう》へと通じる湯島《ゆしま》一丁目の湯島坂を、飄々《ひようひよう》とのぼっていた。

侍は古びた菅笠を手にし、その朝は普段滅多に着ない黒羽織に濃い鼠《ねずみ》色の袴《はかま》、白足《しろた》袋に麻裏草履の飾らないなりに身形《みなり》を整えた拵《こしら》えで、腰の黒鞘《くろざや》の差料《さしりょう》が朝日を受けて艶《つや》やかに光っていた。

身の丈五尺七、八寸（約百七十四センチ）ほどの痩軀の背筋が伸び、総髪に引きつめるように結った一文字髷が、速やかな歩みに逆らってわずかになびいていた。

相貌は色白の頰を童子のようにほのかな朱に染め、下がり気味の眉になだめられて少しばかり頼りなさげだが、奥二重《おくぶたえ》の静かな眼差しと鼻梁《びりょう》のやや高い鼻筋からすっと通った唇の涼しさが、かえって侍の内面に秘めた一徹さを映しているかのようだった。

乱れのない白い息が、締まった顔だちにかかっている。

侍の歩みは速やかでも、しかしどこかのどかだった。

その歩みには、颯々《さっさつ》と渡る野の風の中で身を飾るいっさいを持たぬ伸びやかさが男の性根《しょうね》を醸《かも》しているかのごとくに、曇りがなかった。

それゆえにか、表店《おもてだな》の手代や通りに売り声を流す行商、使いの小僧や道端でお喋《しゃべ》りをする隣近所のおかみさん、武家やどこかのお女中、そして屋根に寛《くつろ》ぐ猫までが、通りかかる侍につい笑《え》みを投げかけてしまう不思議な気配に、自身は気づいていない。

坂道はのぼりの途中から聖堂裏手の土塀《どべい》に沿い、すぐに右手に折れる急な坂の上に神田明神社の鳥居がある。

神田明神前をすぎて湯島の六丁目まで町家と武家屋敷地が入り組んで続き、本郷へいたると通りはもう板橋《いたばし》への中山道《なかせんどう》、あるいは奥州への道である。

長々と練塀《ねりべい》が廻る壮大な加賀《かが》家上屋敷が右手に現われ、邸内の樹林も冬枯れて葉を落としていた。その木々の間をあおじが、ちっちっ、と飛び交っている。

加賀屋敷を北へすぎ、侍は元町《もと》手前の追分《おいわけ》を駒込片町《こまごめかた》方面へとった。

御徒組《おかちぐみ》や御中間《おちゆうげん》など小役人の屋敷地が並ぶ先に、やがて武蔵奥平《むさしおくだいら》家一万三千石の上屋敷の表門が見えてきた。

侍は気が進まなかった。

「物はためし、って言うだろう」

神田三河《みかわ》町の請《う》け人宿《にんやど》《宰領屋《さいりようや》》の主人が言った。

「大名屋敷たって、一万石をちょびっと超えただけだし、御譜代のお家柄というのが唯一自慢の田舎《いなか》大名さ。お庭周りの見廻り番らしいから、堅苦しいことなんてありゃしない。どうしても合わないと思ったら、話を聞くだけ聞いて断ってくれていいんだ。顔だけ出してくれりゃあ……」

おれの顔がたつからさ——というのが、宰領屋の主人が気の進まない仕事を仲介するさいの常套句《じょうとうく》だった。

顔がたつ、と言われれば、いくしかないか、と思えてくるから気が重い。

「大名屋敷や堅苦しいのが気が進まないのではない。算盤《そろばん》の技を役だてることのできる台所勘定の仕事を望んでいるだけだ。家柄ではなく勤めの中身だ。大名、旗本、御家人、あるいは小店《こだな》の勘定仕事でもかまわない」

主人は、わかっている、わかっているって、と心得たふうに頷いて見せる。

「ただささ、田舎の小大名とはいえ、そこはやっぱりお大名さ。貧乏旗本や御家人の渡り用人とは、お庭周りの見廻り番でも格が違う。それなりのこっちの腕と」

と、かざした腕を反対の掌でぽんぽんと叩《たた》き、

「武士らしい品格が求められるってえわけさ。あはは……奥平家では相当本気らしくて、相応の人物であれば召し抱えもなきにしもあらず、と仰《おっしゃ》っている。召し抱えなんて話はこのご時世、珍しいよ。それに今は隠居さまの先代御当主は、なんでも御老中役をお務めになったほどの由緒あるお家柄なんだと聞くぜ。そういうお屋敷に宰領屋が太鼓判を押して仲介できるお侍は、ほかにいないんだ。頼むよ」

御老中の家柄がなんだ、召し抱えがなんだ、と侍は三十代半ばをとうにすぎた年ご

ろながら、二十代の若侍にも四十代の壮漢にも見える複雑な内面を秘めた表情にかすかな苦笑を浮かべた。

奥平家の表門の屋根の上に、大きな楠木《くすのき》の枝葉が覆いかぶさっていた。

通りをそのままゆけば、巣鴨《すがも》から中山道の首駅・板橋宿へいたる。

屋敷のすぐ先から駒込片町の百姓町の家並が武家屋敷地に向き合って続いており、門前は人通りがあった。

侍は一万三千石相応の小ぶりな表門を見上げ、門前の敷石を踏んで両わきが出格子《でごうし》の番屋に案内を乞《こ》うた。

すぐに出格子にたてた障子が開けられ、鶯《うぐいす》色の看板の門番が顔を出し、

「お名前とご用件をどうぞ」

と、渡り奉公の求職者と見なしてか、少々ぞんざいに言った。

「唐木市兵衛《からきいちべえ》と申します。神田三河町の宰領屋さんの仲介により、本日、当お屋敷にうかがうようにとご指示を受け、参上いたしました。ご支配役にお取次を何とぞお願いいいたします」

「唐木市兵衛？」

門番は市兵衛に改めて一瞥を寄こし、帳面でも確認するかのように俯《うつむ》いた。そして

「ああ、あった、あった」と言った。

「そこの小門よりお入りくだされ。ご案内いたします」

唐木市兵衛という求職者が今日、屋敷を訪ねてくることを心得ている様子で、門番の対応は至極あっさりしていた。

その侍・唐木市兵衛が小門をくぐると、長い敷石が屋敷の玄関へ伸びていた。

楠木が門のすぐそばに高々とそびえている。

静かな屋敷で、人影はまったく見あたらなかった。

さっきの門番が「こちらへ」と、唐木市兵衛を黄楊《つげ》の生垣《いけがき》の先へ導いた。

通されたのは、表門に続く長屋のひと部屋だった。

部屋へ通されるなり、市兵衛は思わず「あっ」と声が出かかるのを抑えた。

四畳半と三畳の襖《ふすま》を両開きにした続き部屋には、すでに六人ほどの侍が着座していた。ほとんどが紺や鼠、黒の羽織を着け、ひとりだけ色褪《あ》せた裃《かみしも》だった。

「刻限までこちらでお待ちください」

門番は市兵衛に告げ、番屋へ戻っていった。

一体何人を雇うのだろう、と思いながら、市兵衛は、四人、二人と二列になった、後ろの二人に並んで端座した。

隣の三十前後の年ごろと思われる部厚い身体つきをした侍に会釈《えしゃく》をした。よろしく、と軽い挨拶《あいさつ》のつもりだった。

ところが侍は、黒目がちの大きな目で市兵衛をひと睨みしたばかりで、ひどく無愛《ぶあい》想《そう》だった。

ほかの侍も、じっと部屋の前を見すえ、咳《しわぶき》ひとつたてなかった。

刺々《とげとげ》しく、寒々とした気配が部屋を覆っていた。

実際、部屋はしんと冷え、むろん火鉢もないし、茶が出される様子もない。

だから言わんこっちゃない、と市兵衛は宰領屋の主人を恨めしく思った。

宰領屋の主人・矢藤太《やとうた》に「頼むよ」と言われ、それ以上は拒《こば》めなかった。

けれど、矢藤太の仲介は、どうも相手の家格や家柄に媚《こ》びるふうがあった。

どこか、軽佻《けいちょう》だ。

だいたい京生まれ京育ちの元は島原《しまばら》の女衒《ぜげん》が、江戸は神田三河町の請け人宿・宰領屋の娘婿《むすめむこ》に納まり、根っからの神田生まれ神田育ちみたいにふる舞っているところが軽佻そのものである。

てまえどもがつつがなく商売ができますのも徳川《とくがわ》さまのお陰で、と人前ではのうのうと言ってはばからず、それでいて、公家《くげ》だろうと武家だろうと家柄家門血筋、由緒や家格などを、矢藤太はいっさい敬《うやま》っていなかった。

家柄が、血筋がなんぼのもんや、と嘯《うそぶ》き、なんぼのもんやから利用できるもんならとことん利用したる、といった軽薄で無頼《ぶらい》な性根のひねくれ者だった。

そんなひねくれ者と十六、七年も気心を通じてきたのだから、矢藤太のやつ、と諦めて自嘲《じちょう》するしかない。

あれこれ要望を言ったところで、望む勤めが簡単に見つかるわけではない。

それはわかっているし、贅沢《ぜいたく》を言うつもりもない。

でもなあ、と市兵衛はやっぱり気が進まなかった。

半刻《はんとき》（約一時間）近く待たされた。

その間に先ほどの門番が新たな求職者を、ひとり、二人、と続けて案内してきて、待つ者は市兵衛を入れて九名となっていた。

ずいぶん待たされる。

つい溜息をこぼすと、溜息に気づいた隣の侍がわざとらしい咳払いをした。

「失礼」

小声で詫《わ》びたとき、長屋の外で草履が鳴った。

表戸が開き、二人の継裃《つぎがみしも》の侍がずかずかと入ってきた。

「お待たせいたした」

二人の侍は部屋へ上がり、居並ぶ求職者を目で追って数えた。

「全部で九人か。まあまあだな」

年かさの侍が言い、「はい」と頷いたひとりは名簿らしき帳面を持っていた。

「本日はわざわざのおこし、ご苦労でござる。それがしは奥平家の勘定方組頭を務めます……」

年かさの方から順に名乗って、帳面を持つ若い方が「では早速」と帳面を手の上で開き、本人と見較べつつ、姓名、歳と生国《しょうごく》、そして剣術の流派を確かめ始めた。

「小森新八郎《こもりしんぱちろう》さん」

最初に呼ばれたひとりが、「は」と前列で頭《こうべ》を垂れた。

「三十五歳。国は岩槻《いわつき》。流派は天然理心流《てんねんりしん》、ですね」

「さようです」

「道場はどちらの」

「岩槻の板垣源信《いたがきげんしん》先生の門下でございます」

若い侍が「いたがきげんしん」と呟きながら帳面に書き記した。

「師範代を務められたとか、あるいは免許皆伝を受けられたとか……」

「出府《しゅっぷ》いたす前の二年ほど、師範代を相務めました」

「ふむ。何ゆえ江戸に」

「わたくし、すでに妻子がおり、道場の師範代の報酬《ほうしゅう》では暮らしがむつかしく、奉公先を求めて出府いたしました」

「今は何をなさっておられる」

「住まいの近所の子に読み書きを教え、わが妻が裁縫《さいほう》の内職をいたしております」

「小森さんは、剣術以外に何かおできになる芸はござらんのか」

年かさの侍が訊いた。

「はあ。芸と言えるほどではございませんが、子供のころより剣術とともに朱子学《しゅしがく》をひと通り学んでおります」

「朱子学をひと通りな。さようか」

といった具合で一人ひとり続き、長々と待たされた割にはあっさりと進んだ。

五番目に名を呼ばれた袴の求職者が、同じように確認がすんだあと、「あの、畏《おそ》れながらおうかがいしたいのですが」と訊いた。

「何か？」

「ご当家でのご奉公は、お屋敷内の見廻り勤めでございますね」

「さよう。お庭先の見廻り番でござるが」

年かさが応えた。

「お雇いいただきつつがなく勤めを果たせば、ご当家にお召し抱えいただけるとうかがってまいったのですが、それはまことと考えてよろしいのでしょうか」

年かさが「ふん？」と首をかしげた。

「ご奉公ぶり、人柄、身につけた芸など、様々《さまざま》に考慮したうえでそういう場合もあり得るとは思うが、今はそれより、まずはご自分がなすべき芸に専念なさってはいかがか。召し抱え云々《うんぬん》は、ご奉公が始まってからのことですからな」

と、つれない返事だった。

ただ、年かさのさり気ない芸という言葉が市兵衛は気になった。

六番目に隣の侍が呼ばれ、市兵衛には無愛想だった侍が懸命に受け答えしているのを聞きながら、次は自分の番と思っていた。

ところが、先にあとからきた二人が呼ばれた。

しかも無愛想な侍とあとからの二人が、ずいぶん長くかかった。

それが終わって、やっと市兵衛の番になった。

「あと一名だな」

年かさが若い侍の帳面をのぞき、言った。

「はい。ふう……」

若い侍がくたびれたふうな吐息をもらした。

「次は、ええ……唐木市兵衛さん」

筆の尻で額をかきながら、くたびれたせいか、呼び方がぞんざいだった。

市兵衛は「はい」と膝に手をおき一礼した。

頭を上げると若い侍と目が合い、あ、そこもとでしたか、と市兵衛に初めて気づいたみたいな目つきを寄こした。

「歳は三十八歳。生まれは江戸。それから流派は、うん？」

帳面に顔を近づけた。

「唐木さん、剣術の流派が興福《こうふく》寺流となっておりますが、これはどういう流派ですか」

帳面から顔を上げて訊いた。

「わたくしは剣術道場ではなく、若いころ奈良興福寺で剣の稽古《けいこ》をいたしました。名乗る流派がありませんので、仲介のご主人が間に合わせにつけたものと思われます」

「唐木さんが興福寺流と名乗っておられるのでは、ないのですね」

「名乗ってはおりません。我流です」

若い侍が、「がりゅう」と声に出して帳面へ記した。

すると周りから、くすくす……と笑い声がもれ、隣の無愛想だった侍が、ぷっ、と噴き出した。

「我流ですと、師範代も免許皆伝もありませんね。技量がわかりませんが、仕方ありませんか」

若い侍と年かさが頷き合った。

「すると、興福寺では剣のみの稽古をなされたのか」

年かさが市兵衛を見下ろして訊いた。

「いえ。入山は法相《ほっそう》の教えと行を修め、研鑽《けんさん》するために許されます。剣の稽古は法相の修行の中の、ひとつなのです」

「ほっそう？」

若い侍が声を裏がえし、また周りで、くすくす……と笑い声が起こった。

「剣のほかにどんな修行をなされた」

「読経《どきょう》や供華《くげ》、回峯行《かいほうぎょう》などです」

年かさは若い侍と再び顔を見合わせた。

「それから……ああ？　算盤がおできになるのだな。商人でもないのに、どこで算盤を稽古なされた」

「十八のときに興福寺の修行をやめ、大坂《おおさか》へ出て商家に寄寓《きぐう》し、算盤の手ほどきを受け稽古いたしました」

年かさは唇をへの字に結び、間をおいた。それから、

「まあこのたびは算盤とはかかわりがござらんので、よろしかろう。相わかった。ここはこれまででござる。これよりお庭先で各々方《おのおのがた》の武芸を披露《ひろう》していただく。本日は特別なお計らいで、殿さまと大殿さまがご臨席になられる。各々方、くれぐれも粗相のなきようにな」

と、畏まる仕種をした。

殿さま、と聞いたためか、みなの間から「おおっ」と驚きの声が上がった。

市兵衛も声こそ出さなかったものの、それは意外だった。

渡り奉公のお庭の見廻り番に雇い入れる浪人者ごときの武芸を、大名の殿さまが直々《じきじき》にご覧になることなど、普通はあり得ない。

たとえ旗本であっても、殿さまと呼ばれるほどの武門なればそうである。

お屋敷のお庭周りの番だけではないのか、と市兵衛の脳裡にふと不審が兆《きざ》した。

二人の家士に従い、九人は黄楊の垣根の間を通る敷石を進んだ。

大名の上屋敷だけあって、庭は広かった。

林のように木々が植えられ、木々の向こうに白壁の土塀がつらなっていた。

一同が内塀の門を通り導かれた庭は、漆喰《しっくい》の白壁に囲まれ、粒の粗い白洲《しらす》が敷きつめてあった。内塀に沿って梅の木や松、みずきの樹木が並び、一画に掘られた小さな池の傍《かたわ》らに一基の石灯籠《いしどうろう》が建ち、物静かな佇《たたず》まいを見せていた。

庭に面した建物は、白洲階子《ばしご》の勾欄《こうらん》つき広縁が書院風の座敷を廻っていた。

座敷の床の間に違い棚《だな》が見え、そこは御広間ではなく御座の間と思われた。

脇息《きょうそく》が二つ、広縁の近くにおかれてある。

九人が坐る床几《しょうぎ》が、門を入った内塀ぎわにすでに用意されていた。

裃姿の家士が広縁の下と庭の四方に数人ずつ控えていて、庭へ入った九人へ表情の見えない眼差しを投げていた。

「お腰の物をお預かりいたす」

門のそばに控えている家士が、それぞれの差料を預かった。

そしてもうひとりの家士が代わりに「どうぞ、お支度《したく》を」と言って、木刀と白布の襷《たすき》、鉢巻を渡した。

まいったな。

どうやら殿さまの御前で試合をすることになりそうな雲ゆきである。そんな心積もりではなかった。

市兵衛は気が重くなった。

九人が指示されるまま床几にかけると、年かさの侍が言った。

「それではこれより、二人ずつ組になっていただく。組は名前を読み上げるので、そのお二人が試合をする。よろしいな。ほどなく、殿さまと大殿さまがご臨席になられる。みな己の武芸をしっかりとご覧いただくように」

高がお庭先の見廻り番を雇うのに御前試合とは、ずいぶんな大事である。

ふとそのとき、広縁より離れた端の床几にかけていた市兵衛は、白洲を挟んだ向かいの白壁ぎわに、白襷に白鉢巻、木刀を膝において床几にかけた侍が、まっすぐ市兵衛の方へ目を向けているのに気づいた。

まさかな――市兵衛は呟いた。

ますます気が重くなった。

その侍と真正面に向き合っているから、よけいにである。

四

「唐木市兵衛さん」

若い侍が手の上に帳面を開いて市兵衛の名を呼んだ。

はい――と、市兵衛は頭を低くした。

「唐木さんはおひとり余っておられますので、あちらに控えておる新庄弥平太《しんじようやへいた》どのと試合をしていただく。それぞれの流派を考えた組み合わせゆえ、どうしてもこうならざるを得ませんでした。お気を悪くなさらずに」

腹蔵のある言い方をした。

どういう意味だ。

市兵衛は訊きかえしたかったが、むろん、黙って頭を低くした。

「興福寺流では少々荷が重いかもしれぬ。敵《かな》わぬと思ったら、早めにまいったと言った方がよかろう。まあ、怪我がないようにな」

年かさが真顔でつけ足した。

「お気遣《きづか》い、ありがとうございます」

市兵衛が正面の新庄弥平太から年かさへ目を移し、そう言うと誰かが嘖いた。

やがて、御小姓衆《おこしょう》が足早なすり足で広縁に現われ、

「おなりになられます」

と、甲高《かんだか》い声を庭に響かせた。

ほどなく、まず広縁に十数名の侍が現われ、所定の位置を心得たふうに着座した。

みな奥平家上屋敷の重役方と思われた。

御小姓衆がさらに声を高らかに響かせた。

「殿さまの、おなりです」

すると、御小姓衆を従えた殿さまが広縁から御座の間を進むのが、床几を下りて片膝をついた市兵衛の視界の隅《すみ》に認められた。

錦繍《きんしゅう》の寛いだ羽織と暗い褐色の袴が目の隅にあった。

太刀《たち》持ちの御小姓衆らが続き、次に、

「大殿の、おなりです」

と御小姓の声が続き、奥平家の家督を譲りご隠居の身の大殿さまが、軽々とした身のこなしで当主の隣に着座した。

大殿さまは銀ねずの羽織と黒袴の、ご隠居らしい落ち着いた扮装《ふんそう》である。

広縁や庭先に控えた家士のすべてが畏まっていた。

「ふむ。よいぞ」

殿さまの、やや細い声が聞こえた。

「みな、面《おもて》を上げよ」

広縁の殿さまの御前近くに着座した恰幅《かっぷく》のいい御側《おそば》用人らしき侍が、これはいささか太い声で言った。

庭先のみなが静かに身を起こし、床几に戻る。

面を上げたとて殿さまと大殿さまの座へ顔を向ける無礼は許されないが、御座の間からは、どういう者らか、と見られている。

「篠原《しのはら》、始めよ」

御側用人が白洲階子下の床几にかけている総髪に一文字髷の壮漢に言った。

篠原、と呼ばれた壮漢が立ち上がり、おもむろに白洲中央の御前へ進み出た。御座の間の殿さまと大殿さまへ頭を垂れ、それから九人の求職者へ向きなおった。

「それがしは奥平家剣術ご指南役にてお仕《つか》えいたす篠原千岳《せんがく》でござる。これより試合の行司役を相務め申す。殿さま、大殿さまがご覧である。存分に、日ごろの武芸の技をご披露なされよ。では、支度はよろしいか」

篠原は尺扇《しゃくおうぎ》を手にし、求職者の傍らに控える二人のうちの年かさの方へ目配せを送った。

若い侍が帳面を改めて開き、初めに二人の名を呼んだ。

そうして長屋で聞き書きをした生国、剣術の流派などを簡単に読み上げる。

呼ばれた二人が緊張の面持《おもも》ちで白洲中央へ進み出て、御前へ一礼する。

二人の身体が小刻みに震えていた。

篠原が二人に向き合うよう、尺扇で指し示した。

相対した二人は一礼し、木刀をかまえた。

「双方、正々堂々と……」

始めっ——行司役の篠原の太い声が庭にとどろいた。

「ええいっ」

「あたあっ」

試合は正眼《せいがん》にかまえた二人の、ひりつくかけ声から始まった。

だが、そうして始まった試合は容易に決着がつかなかった。

試合が始まってすぐ、一合二合と木刀を打ち合ってから睨み合いになり、どちらも受けに廻って仕かけなかった。

かけ声はかけ合うが、手がなかなか出ない。

御前試合の気の張りもあるし、何より、ここで負けるわけにはいかぬという求職者の切実な思わくがあった。

篠原が打ち合うように促すも、一方がずっと踏み出すと一方が下がり、一方が廻りこむと一方が同じように廻りこむもたついた展開が続いた。

その展開が続くうちに、庭先に控える家士や広縁の重役方から失笑がもれた。

篠原が痺《しび》れをきらし、「いざっ」と声高く励ました。

それをきっかけに二人同時に仕かけ、数合打ち合ってから一方が肩を打たれた。

「それまでっ」

篠原が尺扇を一方へ指した。

おお――と、ざわめきが起こった。

打った方も肩を押さえて片膝を落とした者も、互いに汗をしたたらせ、激しく息づいていた。

打たれた者は、無念そうに歯を食い縛《しば》っている。

「次っ」

「はっ。次のお二方……」

若い侍が新たに二人の名を告げた。

そうして似た展開で、二組目、三組目、四組目、と試合は続いた。

試合が四組目までくると、ま、こんなものか、と見きった弛緩《しかん》が見ている側に広がっていた。

殿さまと大殿さまが、四組目の試合中にもかかわらず言葉を交わし、ふふ、と笑っているのが見えた。

広縁の重役方の中であくびを堪える姿もあった。

むろん、市兵衛は一番端の床几にかけ、待たされている。

だらだらと続いた展開がそれでもようやく四組目まで決着がつき、長屋で無愛想だった侍が勝ちを得て、息を荒らげ、肩を怒らせて戻ってきた。

端に畏まっている市兵衛を、どうだ、と得意げな目でひと睨みした。

市兵衛は、お見事です、というふうな笑みをかえした。

「次、唐木市兵衛どの」

と、若い侍が市兵衛の名を挙《あ》げた。

歳と生国を読み上げたあと、「剣の流派は、うう、興福寺流」と続けた。

市兵衛は羽織を脱ぎ、木刀をわきにして立ち上がっていた。

篠原が市兵衛へふり向き、うん？　と不審を見せた。

「唐木市兵衛どの、興福寺流とは奈良の興福寺のお坊さんの流派か」

篠原が訊いた。

「ああ、あのお、唐木どのは興福寺において法相の修行の一環として剣術の稽古をなされたそうで、興福寺流という流派はございません。我流です。便宜上《べんぎじょう》、興福寺流と申しました」

若い侍は、法相という言葉を覚えたらしかった。

「さようか。しかし唐木どの、わが一門の新庄弥平太が代わりにお相手いたすが、かまわぬか。不都合なら、とりやめてもよろしいが」

「どうぞ」

市兵衛は篠原へ頭を垂れた。

「どうぞ、とは？」

「どうぞ、お続けください」

篠原は頷き、白洲の反対側の床几にひとりかけている侍に向いた。

「新庄弥平太、前へ」

篠原が尺扇で新庄に示した。

新庄が立って、するすると御前の白洲へ進み出ると、広縁の重役方や庭に控える侍らが誰とはなしにざわついた。

新庄の試合が見られる、やっと本物が現われた、といったざわつきだった。

合わせて市兵衛は進み出た。

新庄は二十代後半と思われ、面長《おもなが》に一重《ひとえ》の目が鋭く、背が高かった。

折り目正しげだが、四肢の運びに荒々しい自信があふれていた。

そろって御座の間の殿さまと大殿さまへ一礼をした。

殿さまも大殿さまも、新庄がどんな立ち合いを見せてくれるか、とそちらに関心が向いている素ぶりだった。

市兵衛と新庄は相対し、木刀をかまえた。

「始めっ」

篠原のひと声に、新庄はすっと正眼にとった。

仕種に余裕があった。正眼のかまえに隙《すき》がない。目がかすかに笑っている。

市兵衛は八相《はっそう》にとった。

それに合わせ新庄が、ずず、ずず、と白洲を鳴らして踏み出した。

まだ目が笑っていた。

正眼を下段へ落とした。

いいですか、いきますよ、といかにものかまえだった。

前の四つの試合を見たからか、市兵衛を相当見くびっていた。

仕方があるまい。いくか。

思ったとき、新庄に降りそそぐ午前の青白い光がゆれた。

「ふむう」

上段へとりながら、躍《おど》り上がる動きだった。

よく稽古はしている。だが踏みこみが荒かった。実戦に慣れていないとそうなることがある。あるいはこれしきの相手に、とぞんざいになったか。それに踏み出しに無駄があった。

しかし膂力《りょりょく》は相当なものだ。

新庄の木刀が力強くうなった。

市兵衛は右八相から退いて左八相に移し、新庄の打ちこみを受け止めた。

がつっ。

木刀が激しく打ち鳴った。

新庄は腰を落とし、市兵衛を突き放しにかかる。

凄まじい圧力が咬《か》み合った木刀から伝わってきた。

突き放し、即座に打ちこむ。また受けられたら間髪容《かんはつい》れずまた突き放す。稽古通りの攻めだった。

だが突き放せなかったとき、せめぎ合いになる。

そこでどうするかだ。

堪える市兵衛と、攻める新庄の動きが止まった。

束《つか》の間《ま》、新庄の目に戸惑《とまど》いが走った。

新庄の突き放しの圧力に、膝を折った市兵衛がぴくりともしなかったからだ。

突っ張る新庄の足が白洲をかいた。

「そりゃあ」

新庄が叫び、足袋が、ひとかき、二かき、と白洲をすべった。

派手な打ち合いとは違ういきなりの肉迫した展開になり、「おお」という声が周囲にもれた。

安易に引けば追い打ちをかけられ、実戦ならば命を落とす。

廻りこむか、あくまでまっすぐ押すか。あるいはいなすか。

市兵衛は新庄の次の手を読みながら、瞬時の間をおいた。

ところが次の瞬間、新庄があっさり退いた。

どうした。

市兵衛が面喰らった。

本人は突き放せぬのなら、当初の目論見《もくろみ》より一旦臨機応変に退いて体勢をたてなおし次の手を、というつもりだったのだろうが、それがもっとも拙《つたな》い、負け方の稽古ができていない手だった。

新庄は己の隙に気づいていなかった。

気は進まなかったが、新庄の一瞬の隙に乗じた。

一歩退いて次の二歩目、新庄は足を踏ん張った。

その胸元へ市兵衛は、とん、とひと突き軽く入れた。

まっすぐ退く動きに余裕がなく、突きをよけることができなかった。

余裕が消えた。

しかし市兵衛は、一寸の間を空けて突きを止めた。

突きこまれた新庄はそれがわからない。

突きが甘いと見なし、木刀をうならせ打ち払った。

ひと突きした市兵衛は素早く木刀を退いて、八相のかまえに戻っている。

新庄は体勢をなおし、再び上段より打ちかかる。途端、

「それまで」

篠原の声が新庄の打ちこみを制した。

「唐木市兵衛の一本」

と、続いた。

「ええ？」

周りから声が起こった。

まだこれからやっと派手な打ち合いが始まるところを、と周りの誰にも見えた。

「篠原さま」

新庄が上段のかまえのまま、篠原へ喚いた。

「唐木市兵衛の勝ちである」

篠原が堂々と言い、両者退け、という仕種をした。

市兵衛が新庄に礼をし、さらに御座の間の殿さまと大殿さまの方へさらに一礼して床几へ戻ると、求職者の市兵衛の勝ちを疑う目がそそがれた。

市兵衛に息の乱れはない。

平然と、試合前と同じように床几へかけ、羽織を膝へおいた。

ただ篠原は、階子の下に広縁の御側用人に呼ばれ、今の判定の事情を訊かれているようだった。二人は顔をつき合わせ、小声を交わした。

己の床几に戻った新庄は、今の判定に不服を隠さなかった。

やがて、御側用人は篠原に受けた説明を、殿さまと大殿さまに伝えた。

御側用人に耳を傾けている殿さまの隣の大殿さまが、市兵衛へ遠目をむけてきた。

殿さまが手を軽くふり、進めよ、という仕種をした。

御側用人が階子下の篠原にひと言、声をかけた。篠原はそれを受けて再び白洲の中央へ進み、「次」と、求職者の傍らに控えている年かさと若い侍に言った。

続いて――と、帳面を手に開いた若い侍が勝った五人のうちの二人の名を挙げた。

御前試合は、まだ終わらなかった。

お庭の見廻り番を選ぶのに、ひとりになるまでやるのか。

奥平家が譜代の由緒ある家だとしても、妙な……という気がした。

次の二組の試合は、前ほど長くはかからなかった。

岩槻の元道場師範代と無愛想な侍の二人が残った。

お召し抱えの真偽を訊《たず》ねた袢に拵えてきた侍は、勝ち残れなかった。

強いだけで勤まるわけではありませんから、と声をかけてやりたくなるくらいの落胆ぶりだった。

「唐木市兵衛どの」

名を呼ばれ、市兵衛は立ち上がった。

先ほどと様子が異《こと》なり、市兵衛の名が呼ばれたことで庭の家士らがざわついた。

広縁の重役たちも隣同士で何かささやき合った。

新庄が、きりっ、と顔を上げ、木刀を握り締めた。

しかし篠原は新庄の名を呼ばなかった。

「下地《しもじ》源吾《げんご》左衛門《ざえもん》、支度をせよ」

と、庭先に控えていた侍のひとりに命じた。

庭の池のそばに控えていた侍のひとりが「ははあっ」と応え、裃をはずしながら小走りに御前へ進み出た。

「おお……」

と、今度は新庄のときよりも大きな驚きの声が上がった。

浪人相手に下地がやるか、というようなざわめきだった。

「下地、唐木市兵衛どのの相手を務めよ」

篠原が言った。

「承知いたしました」

下地は一旦下がり、白襷白鉢巻、袴の股立《ももだ》ちをとって再び白洲へ現われた。

中背の四肢に力強さが漲《みなぎ》っていた。

市兵衛も進み出て御座の間へ一礼し、下地に向き合った。

「両名、支度はよいか」

市兵衛と下地は笑みを投げ合い、礼を交わした。

これは手ごわい、と下地の笑みでわかった。

三十代半ばすぎ、市兵衛と同じ年ごろに思われた。白足袋がまぶしい。

「始めっ」

篠原の太い声が響いた。

下地はやはり正眼にとった。奥平家は剣術も奇をてらわない純朴な家柄なのだろう。

市兵衛は八相にかまえる。

両者相対し、すぐには動かなかった。

ぴしり、と張りつめた静寂が庭を包んだ。行司役の篠原も、じっと成りゆきを見守った。誰かの唾《つば》を呑みこむ音が聞こえた。

ちちっ、ちちっ……

塀ぎわの樹木で小鳥がさえずった。

日はいっそう高くなり、白洲に落ちる両者の影が息をひそめている。

いつまで、と周りの目が釘付けになっていたとき、下地が市兵衛の左へゆっくり廻り始めた。

一歩、次の一歩、また次の、と市兵衛との間、市兵衛の動きに十分な警戒を払いつつ、左へ左へと移動していく。

市兵衛はやはり動かなかった。周りからはそう見えた。

けれども、動いていないと見えたにもかかわらず、市兵衛は左へゆっくりと廻る下地の正面と向き合っていた。

下地のゆるやかな移動に応じる市兵衛が、周りからは動いているようには見えなかった。

数歩目、下地が正眼を大らかな上段へとった。

市兵衛は八相のかまえをときながら、木刀を後方へやわらかくなびかせるように下げていった。

その刹那が迫っていた。

相まみえる者たちの胸の中で、風が嵐になり、大河が荒れ狂う刹那が近づいた。
いくぞ――市兵衛の気が定まった。
下地へ向かって、先に踏みこみを開始した。
大らかな上段は、市兵衛の踏みこみに瞬時も怯《ひる》まない。
下地も踏み出した。
それまでのゆるやかな動きが一転した。
白洲が震え、激しくはじかれた。
両者の間がたちまち消えていく。
気がついたとき、互いの吐息がかかり合うほどに肉薄していた。
市兵衛のくずれ八相からの打ち上げが先手をとった。
だが、後手の下地の上段からの打ち落としは容赦《ようしゃ》がなかった。
りゃあああ。
交錯した木刀が、ぱしっ、と静寂の緊迫を斬り裂いた。
両者の気の震えが波紋のように庭一杯に広がった。
行司役の篠原が波紋に押され、一歩退いた。
庭の樹林がゆれ、さえずっていた小鳥が飛び騒いだ。

瞬間、不思議なことが起こった。

下地の木刀が絶叫し、くだけ散った。

折れ、割れ、くだけた木刀が四散し、くるくると宙を舞い、木片を散らした。

誰もが見たことのない光景だった。

あっ、と下地の当惑の声が飛んだ。

市兵衛は刹那の間もおかず打ち上げた木刀をかえした。

そして、下地の傍らをかいくぐり胴を抜いた。

「それまで」

篠原が叫んだ。

両者は交錯し、背を向け合って篠原の声を聞いた。

市兵衛は胴を抜いた木刀を、高々と冬の青空にかざし、下地はくだけ散った木刀の残像を追い、呆然としていた。

ぢちっ、ちちっ……

小鳥がさえずった。

「唐木市兵衛っ、勝ち」

篠原が尺扇を市兵衛に指した。

わあぁ、と庭と広縁の家士らが、殿さまと大殿さまの御前にもかかわらず喚声を上げた。

五

御前試合で勝ち抜いた三名が、広縁の白洲階子下に片膝立ちに頭を垂れている。

御座の間の殿さまと大殿さま、広縁の重役方、そして広縁下や庭の四方に控える家士らが、三名を見つめていた。

剣術指南の篠原千岳も、広縁下の階子に近い床几にかけている。

ほかの六名の求職者は、すでに御座の間に面した庭を出ていた。

御側用人が三名をねぎらったあと、ひとりずつに短い言葉をかけた。

岩槻の元剣術道場師範代には、江戸へ出てきた事情や兵法について訊ねた。

元師範代は、仕官先を求めて出府した事情と、孫子《そんし》の兵法や呉起《ごき》の用兵術などを説いた。

市兵衛に無愛想な侍は五倫《ごりん》について訊ねられ、五倫の中でも君臣の忠義を尊《たっと》ぶ武士の道を語った。御側用人は、

「ふむ。さようか。けっこうでござる。それから、唐木市兵衛どの……」

と、市兵衛へ移った。

「そこもとは奈良興福寺で修行をなされたのであったな」

「はい。十三歳の折りに入山を許されました」

「十三歳からな。侍の剣術学問ではなく、興福寺の修行であの剣技を身につけられたのか。流派はないのだな」

「興福寺の子院の宝蔵院《ほうぞういん》流の槍が知られておりますが、剣の修行はあくまで法相の教えを学ぶひとつの修行であり、流派はございません」

「我流か。法相の教えとはどのようなものでござる」

市兵衛は束の間、考えた。

「知の働きによって識《しき》が生じ、識によって存在が知となり、よって存在の知は即《すなわ》ち空《くう》である、そのようなものかと考えます」

「ふん、むつかしいのう、よくはわからんが。そこで……」

そのとき、突然、御座の間の大殿さまのお声が直《じか》にかかった。

「唐木市兵衛」

市兵衛は「はっ」とさらに頭を低くした。

あははは……

磊落《らいらく》な笑い声が市兵衛の垂れた頭にそそがれた。

「よい」

大殿さまの張りのある声が、たったそれだけ言った。

刹那、市兵衛はその声になぜか惹《ひ》きつけられた。

あ……

市兵衛はかすかに胸を打たれた。かすかに胸が騒いだ。

だが、殿さまと大殿さまが座を立たれる気配がし、周りの家士らが一斉に動いた。

長屋へ戻り、帰り支度をした。

長屋に残っているのは市兵衛を入れて三名だけである。

元師範代と無愛想な侍が一方の壁ぎわに端座し、両人とも落ち着かぬ素ぶりで結果が知らされるのを待っている。

市兵衛は反対側の壁ぎわに坐し、矢藤太に今日のことをどう言ってやろうかと考えていた。一杯おごらせてやるぞ、と思った。

お屋敷の外を流す物売りの声が、格子の窓から聞こえた。

表門の方より人のざわめきが聞こえてきた。

先ほどの若い家士が、今度はひとりで長屋へ忙しなげに入ってきた。

帳面を携《たずさ》えているが、帳面を見ずに言った。

「唐木市兵衛さん、大殿さまの御駕籠が出ます。すぐいって御駕籠の行列に従ってください。勤めは吉祥寺《きちじょう》先の下屋敷です。下屋敷の御年寄《おとしより》が指図します。お二方はこれにてお引きとり願います。本日は御苦労さまでした。急いで、唐木さん」

家士に急《せ》かされ、二人に挨拶する間もなかった。

屋敷の式台そばに、簾《すだれ》の下がった打揚《うちあげ》網代《あじろ》黒漆《くろうるし》塗《ぬり》駕籠が停められていた。

大人が二人は楽に乗れる大きな乗物である。

鶯色の奥平家印《しるし》看板の前後二人ずつ四人の陸尺《ろくしゃく》が、御駕籠のそばに跪《ひざまず》いている。

式台から表門までの敷石の両側に、野羽織野袴の侍が七人、挟箱、長柄《ながえ》の唐傘《からかさ》を担ぐ中間が二人、槍持ちと薙刀《なぎなた》持ちが二人、草履とり、家紋つきの華麗な鞍《くら》を乗せた牽《ひき》馬《うま》と口取《くちと》り二人、の総勢が控えていた。

行列を率《ひき》いる六尺棒を携えた物頭《ものがしら》が、黒塗りの笠をかぶって表門の楠木のわきに片膝立ちに控えていた。

市兵衛が行列の後ろにつこうとすると、物頭が身を起こし、手をかざした。

「唐木市兵衛か。こちらへ」

「はっ」

市兵衛が足早に進むのを、行列の中間や侍たちが珍しげに見かえった。

みなにこやかな笑みだが、侍たちは年配というより老侍がほとんどだった。

「若いのがきたのう」

「そうだのう」

と、二人の侍が言い合っていた。

ただ、六尺棒を携えた物頭はまだ二十代と思われる若い徒士侍《かちざむらい》だった。

背が高く色白で痩せていた。

顔つきは一重瞼《まぶた》の目が鋭く、きりりとした風貌に育ちのよい気位が見えた。

「唐木、徒士組物頭役の小木曾考左衛門《おぎそこうざえもん》だ。ただ今より当家下屋敷に勤めてもらう。

勤めの詳細は駒込の下屋敷で改めて通達するゆえ、それに従え。行列の位置は足軽侍の一番後ろだ。わかったな」

と、けっこう頭ごなしである。

わかるもわからないも、市兵衛はなんの支度もしていない。いきなりの勤めとは思っていなかった。

そのとき玄関が騒がしくなった。

家臣たちが足音を鳴らして玄関式台に現われ、家臣に囲まれて殿さまと大殿さまの姿が見えた。

それでは――と、小走りに七人の侍の後ろへついた。菅笠の顎紐《あごひも》を結びながら、

「唐木市兵衛と申します。よろしくお願いいたします」

と、二人の老年と思われる足軽侍に小声で言った。

「おお、こちらこそよろしくな」

「よろしくな。うふふ……」

と、二人の老侍は塗り笠の下で顔を皺くちゃにした。

大殿さまが御駕籠に乗ると、小木曾考左衛門が若い声を高らかに響かせた。

「ご一同、立ちませ」

行列を率いる物頭が先頭に立ち、四人の徒士が物頭の後ろについた。

表門がごとりごとりと八の字に開かれ、四人の陸尺が担いだ御駕籠がわずかにゆれながら敷石を進んでくる。

御当主の殿さまと家臣が、玄関と式台に着座して大殿さまの御駕籠を見送った。

御駕籠が市兵衛の前まできたとき、ぎし、と止まった。

網代の引戸が中から五寸（約十五センチ）ほど開けられ、大殿さまが市兵衛を見た。

むろん市兵衛は片膝をつき、頭を垂れている。

ゆえに市兵衛は、大殿さまの顔をまだ定かには知らない。そこへ、

「唐木、励め」

と、大殿さまの低い声がかけられた。

それだけで引戸が閉じられ、御駕籠は通りすぎた。

「市兵衛、いくぞ」

老侍がささやき声で促した。物頭と四人の徒士、大殿さまの御駕籠、それに続いて足軽の老侍二人、市兵衛……と行列は続く。

先頭はすでに表門を出始めた。

表門を出て北へ、行列はぞろぞろと通りを折れていく。

大殿さまの牽馬のいななきが聞こえた。

通りの駒込片町の町民が、両側の道端に畏まっている。

江戸の町地では大名行列に土下座をしない。

家督をすでに譲った大殿さまであれ、大名の行列に従うのは初めてだった。

行列に従うとはこういう具合か、と初めて知った。

前をゆく二人の老侍のひとりが、行列が中山道への街道から本郷通りの土物店《つちものだな》の方へ折れた辺りで市兵衛へ、またささやきかけた。

「市兵衛、大殿さまからいきなりのお声がかりとは、凄いな」

もうひとりがやはり顔をひねり、うふふ、うふふ……と皺だらけの顔をゆるませた。

「大名屋敷ではあっても、堅苦しいお家ではない。気楽に勤められるぞ」

「そうじゃ。大殿さまはな、物事の理非に厳格であられるが、心の大らかな殿さまじゃ。下屋敷は上屋敷より狭いが、われら足軽であってもずっと勤めやすい。のう」

「そうそう。ゆえに、みな大らかじゃ。うふふ、うふふ……」

すると先頭の物頭が敏捷《びんしょう》にふりかえり、

「ご一同、ご静粛に。大殿さまのおそばですぞ」

と、なごやかな行列の後方をたしなめた。

「うふふ……あの御仁をのぞいてはな」

老侍が笑い声をひそませた。

表門の方より人のざわめきが聞こえてきた。

先ほどの若い家士が、今度はひとりで長屋へ忙しなげに入ってきた。

帳面を携《たずさ》えているが、帳面を見ずに言った。

「唐木市兵衛さん、大殿さまの御駕籠が出ます。すぐいって御駕籠の行列に従ってください。勤めは吉祥寺《きちじょう》先の下屋敷です。下屋敷の御年寄《おとしより》が指図します。お二方はこれにてお引きとり願います。本日は御苦労さまでした。急いで、唐木さん」

家士に急《せ》かされ、二人に挨拶する間もなかった。

屋敷の式台そばに、簾《すだれ》の下がった打揚網代黒漆塗《うちあげあじろくろうるしぬり》駕籠が停められていた。大人が二人は楽に乗れる大きな乗物である。

鶯色の奥平家印《しるし》看板の前後二人ずつ四人の陸尺《ろくしゃく》が、御駕籠のそばに跪《ひざまず》いている。

式台から表門までの敷石の両側に、野羽織野袴の侍が七人、挟箱、長柄《ながえ》の唐傘《からかさ》を担ぐ中間が二人、槍持ちと薙刀《なぎなた》持ちが二人、草履とり、家紋つきの華麗な鞍《くら》を乗せた牽《ひき》馬《うま》と口取《くちと》り二人、の総勢が控えていた。

行列を牽《ひき》いる六尺棒を携えた物頭《ものがしら》が、黒塗りの笠をかぶって表門の楠木のわきに片膝立ちに控えていた。

あははは……

磊落《らいらく》な笑い声が市兵衛の垂れた頭にそそがれた。

「よい」

大殿さまの張りのある声が、たったそれだけ言った。

刹那、市兵衛はその声になぜか惹《ひ》きつけられた。

あ……

市兵衛はかすかに胸を打たれた。かすかに胸が騒いだ。

だが、殿さまと大殿さまが座を立たれる気配がし、周りの家士らが一斉に動いた。

長屋へ戻り、帰り支度をした。

長屋に残っているのは市兵衛を入れて三名だけである。

元師範代と無愛想な侍が一方の壁ぎわに端座し、両人とも落ち着かぬ素ぶりで結果が知らされるのを待っている。

市兵衛は反対側の壁ぎわに坐し、矢藤太に今日のことをどう言ってやろうかと考えていた。一杯おごらせてやるぞ、と思った。

お屋敷の外を流す物売りの声が、格子の窓から聞こえた。

「天より授けられた才か」

「それがしにはそのように見えまする」

「唐木、おぬし興福寺を去って大坂へ出て、商家で算盤を身につけたそうだな。なぜ興福寺の法相から大坂の商人の算盤に宗旨替えなのだ」

「わが内奥におきまして、わが身と識の乖離《かいり》を覚えたゆえでございます」

「身と識の乖離？」

「雨露をしのぐ屋根の下に眠り、米を食べ酒を呑みながら、わが身は屋根を上げず、田畑を耕さず、酒を造りません。あるときそれがいかにも不可解に思え、その思いを確かめる望みを抱き、興福寺を去り大坂へ出たのでございます」

「人には人それぞれの道がある。そう思わなかったのか」

「思いました。誰がわが道を決めたのかと」

次の言葉まで、間があった。

目は伏せたままだが、大殿さまの訝しむ気配がうかがえた。それから、

「十三歳で興福寺へ入山したのもそうか」

と、さらに訊いた。

「はい。その折りは闇の中の手探りのようでございましたが」

「不思議な剣術を見せてもらった。おぬしの剣の不思議さは、興福寺の修行と何かかかわりがあるのか」

「畏れながら、申し上げます」

「これ、つつしめ」

御側用人が直言をたしなめた。

「よい。申せ」

大殿さまが御側用人を制した。

「それがし、読経は読経にひたすら一念し、それと同じく剣の稽古には剣の稽古にひたすら一念いたしておりました。わが我流の剣はただその一念にあり、それ以上に申すことはございません」

「篠原」

大殿さまが広縁下の篠原を呼んだ。

「おぬしは唐木市兵衛の剣を、どう見る」

「ははあ。大殿さまの仰《おお》せられましたごとく、まことにもって不思議な剣技でございました。しかしながらあの剣技、学んで学べるものでも稽古で身につけられるものでもなく、おそらく、唐木市兵衛ひとりの技と申さざるを得ません」

「この歳になって三つ四つの違いがなんだ。大して変わらんではないか」

「いやいや、違うものは違う。うふふ、うふふ……」

桑野は痩せて背が高く、山谷はずんぐりとして背は低かった。

二人とも白髪まじりの小さな髷を、禿《は》げた頭の上でぽつりと結っている。

「改めまして、唐木市兵衛です。のちほどお訊ねすることがあると思います。よろしくお願いいたします」

市兵衛は腰を折り、うんうん、と二人は頷いた。

「方々《かたがた》、よろしいな。市兵衛、まいるぞ」

小木曾の後ろに従った。

少しいってから小木曾が苦笑のにじんだ横顔を市兵衛に向け、言った。

「ここの勤番の方々は、大殿さまがお若いころよりお仕えしてきた者らが多い。みな高齢でな」

確かに、さきほどの上屋敷から戻る行列に老侍が多い、とは思ったが。

「大殿さまのご配慮で、ご高齢の方々ばかりをおかれているのだ。勤めがなくて惚《ぼ》けると可哀想《かわいそう》だから下屋敷に勤めよとだ。みな家族は国元においてお仕えしている。一番若い方でも五十をこえていて、下屋敷で二十代はわたしひとり。唐木は三十代だかからぬが、どうする。むろん、ここでするのでもかまわぬが」

「わたくし、何も備えておりません。では当分の間、本家お台所でご奉公の方々と共にさせていただきます」

「実際、何も用意がなくてここでいきなり暮らすのはつらい。何しろここら辺の夜は冷えるからね」

「勤めについては、どのように」

「それは大殿さまご近習《きんじゅ》の御年寄・小松雄之助《こまつゆうのすけ》さまからお指図がある。お呼びがかかるだろう。とりあえず、料理方との顔合わせと邸内のだいたいの案内をするのでついてまいれ。お台所はちょうど昼の支度ができるころだ。ついでにみなと一緒に昼餉《ひるげ》をとればよかろう」

長屋続きの隣二軒が、先ほどの足軽の老侍二人の住まいだった。

小木曾に続いて長屋の木戸を出ると、二人が顔を出した。

「やあ、市兵衛、これより同輩だのう。わからぬことがあったらなんでも訊くがい い。わしは桑野仁蔵《くわのじんぞう》だ。四十年以上、大殿さまにお仕えしておる」

「山谷太助《やまたにたすけ》だ。困ったことがあったら言うてくれ。わしは桑野よりうんと若くて、大殿さまにお仕えして、まだたった三十九年だ」

った。邸内に数ヵ所井戸があり、お屋敷の長屋住まいでも、飯炊《た》き、掃除、洗濯などはみな自分で暮らしの用具をそろえ、自分で賄《まかな》わなければならない。狭いが入り口前の木戸の囲いの中で洗濯物などは干す。

士分以上の者は、飯炊きなどの用に国者を雇い入れるのが慣《なら》わしだった。言ってみれば、長屋は勤番侍の特別居住区のようなところである。

部屋は冷えきって寒々としているが、綺麗に掃除がいき届いていた。枕屏風《まくらびょうぶ》に布団《ふとん》、行灯《あんどん》、そして小さな陶器の火鉢が備えられ、火鉢のそばに盆に載せた鉄瓶《てつびん》と茶碗がおいてある。

外塀側の壁には、格子の明かりとりの窓が往来に向かって開いている。窓にたてた障子戸を開けると、塀ぎわはもう野道になっており、そこから駒込の田畑や林が格子ごしに見渡せた。遠くに固まった茅葺《かやぶき》屋根の百姓家の庭から、枯れ草でも燃やしているのか、煙がひと筋、青空にのぼっていた。

眺めは悪くない――と市兵衛は思った。

「今日からここで寝起きをしてもらう。布団は日干しをちゃんとさせたので大丈夫、十分使える。唐木はきたばかりで暮らしの用具がそろっておらぬだろうから、食事や火の支度など、いやでなければ当分は本家お台所で下働きの者らと共にすれば手間は

六

奥平家の下屋敷は、本郷通りの名刹《めいさつ》・駒込吉祥寺門前から富士前町《ふじまえ》をすぎ、通りを北の百姓地の方へ入ったところに小ぶりな長屋門をかまえていた。

屋敷の周りは西側と南側が武家屋敷、北側と東側が田畑や雑木林《ぞうきばやし》の原野《はらの》になっていて、富士浅間《せんげん》社の東側に樹林を繁らせる御鷹《おたか》部屋が田面《たづら》の彼方に眺められた。周辺に植木屋が多いため、樹林の多い土地柄である。

行列が下屋敷に着き、迎えが出て、大殿さまが玄関へ入ると行列がとかれた。

小木曾は市兵衛に、「唐木、まいれ。長屋に案内する」と先にたった。

本家を囲む内塀があって、その本家内塀と邸内の通り道を挟んで、長屋の木戸がつらなっている。

長屋は一戸一戸木戸口があり、表口の腰高障子より住まいへ入ると、神田雉子《きじ》町の市兵衛の裏店《うらだな》より狭い一間の竈《かまど》と流し場のある沓《くつ》ぬぎの土間、一間の床上げ板、そこから四畳半ひと部屋の、士分以下から足軽までの住まう中長屋だった。

上屋敷の士分以上の表長屋はたいてい二階家だが、この下屋敷の長屋はみな平屋だ長屋では桑野と山谷が火鉢に炭火を熾《おこ》し、市兵衛の戻りを待っていた。金輪《かなわ》には黒い鉄瓶が架けられ、湯気がゆるくのぼっていた。

「これはありがたい。助かります」

市兵衛は早速、手をあてた。

「勝手に上がって申しわけないが、まだ火も熾せまいと思ってな。茶も飲めるようにしておいた」

「替えの下帯《したおび》もなかろうから、持ってきたぞ。これはいざというときの備えに用意してあるもので、一度も使ったことのない綺麗な物だ。使ってくれ」

「いや、下帯ぐらいはなんとかするつもりでおりました。下帯まで甘えては、お二方の備えに支障をきたします」

「いいから。備えは何本もある。気にするな。それからな、山谷と相談して、今宵は市兵衛の歓迎の宴《うたげ》を開くことに決めた。お台所の方には、歓迎の宴が開かれるので夕餉《ゆうげ》はいらぬと伝えておくといい。われら軽輩の身、賄いを雇う余裕はないので料理は自分で拵える。任せろ」

「それにいい酒もたっぷりあるぞ。武蔵の地酒だが、下《くだ》り酒に負けぬ。市兵衛はいけるのだろう」

の頭は、福々しい笑みを浮かべ、

「あなたが唐木市兵衛どのか。みなの評判になっておりますぞ。上屋敷での御前試合で下地さまにお勝ちになられたそうですな。いや驚きました。大したものです」

と、いきなりほめた。そして当分の間、唐木市兵衛の食事などの賄いをお願いしたいという小木曾の申し入れに、「お任せください」と即座に応じた。

「そういうことであれば、われらが賄い飯をいただく折りに唐木どのの膳を拵えておきます。刻限は朝六ッ半（午前七時）、昼九ッ半（午後一時）、夕六ッ半（午後七時）、われらは下働きの者、共々にいただきます。よろしければ、どうぞご一緒に」

料理の間の料理方がちらちらと市兵衛へ眼差しを投げ、

「あの人だよ。強いんだってね」

「お相手はお家随一《ずいいち》の遣い手の、偉い方だったそうだからな」

「大殿さまがお気に入られて、お召し抱えになるって話だ」

と、土間の方からはひそひそ言い合う声が聞こえてきた。

御年寄の小松雄之助よりお呼びの知らせがきたのは、台所での遅い昼餉が終わり長屋へ戻ってほどなくだった。

以上が邸内の長屋と棟割長屋に暮らし、下働きの下男《げなん》下女《げじょ》や端女《はしため》など、駒込近在の通い勤めの者らが十人以上いる、と小木曾は語った。

「それとこの内塀の一画は、御側室のお露さまと御子さまがお住まいの、一応、下屋敷の奥にあたる」

裏門から台所のある本家表の方へ邸内を戻る途中、小木曾は本家をぐるりと廻る内塀伝いに歩みつつ手をかざした。

「お露さまには大殿さまの御子さまがお二方おられ、お露さまおつきのお女中が三人、それに奥向きお台所や下働きの下女が何人か通っておるが、数はお女中頭の御年寄が把握しているので、しかとはわからない。こちらへはお許しがない限り近づいてはならぬから、気をつけるように」

やがて内塀の小門をくぐり、台所へ案内された。

竈が三つ並んだ台所の広い土間では大きな釜に飯が炊かれていて、下働きの下男下女らが土間で立ち働いていた。

料理の間と台所の板敷では、三人の料理方が料理にかかっていた。

「岸部《きしべ》どの。忙しいところを申しわけありませんが……」

小木曾は料理方の頭を呼び、市兵衛を引き合わせた。五十二、三と思われる料理人な。世間ではそれなりの歳だが、当屋敷の侍の中では若い方になる」

なるほど、それでか――と市兵衛は合点《がてん》がいった。

「歳をとれば経験という積み重ねた知恵が育ちます。大殿さまはそれを生かそうとお考えなのでしょう」

市兵衛が言うと小木曾は声に出して笑い、ただあまりおかしそうではなかった。

「物は言いようだな。歳をとってみな練《ね》れて人柄はいい。だが何かと勤めぶりがのどかでな。よく言えば物事に動じない。有り体《てい》に言えば暢気《のんき》。ここのお勤めは方々に苛々《いらいら》させられることが多いのだよ」

それでも、のどかなのは悪くはない、と市兵衛は感じている。

桑野も山谷も、暢気に楽しそうに勤番しているのがいい。

小木曾に従い、徒士侍や料理方の長屋、番方と御小姓衆の長屋、御年寄と番頭、御祐筆、それに物頭の小木曾らの、これは身分なりのかまえの長屋、それから陸尺や中間の住まう棟割長屋、表門門番所、御厩《おうまや》、土蔵や裏門などひと通り見て廻った。

下屋敷勤番の家士は、大殿さま近習の御年寄、御小姓衆二人、御祐筆、番頭。次に番方が三人、物頭、徒士四人、本家料理方三人、足軽二人、の十八人。

それに男衆の奉公人が、陸尺、中間、門番人ら十五人。

山谷が盃《さかずき》を乾《ほ》す仕種をした。

「まあ、人並みに」

「人並みにいければ十分だ。うふふ……」

「されば、今宵の宴が楽しみです」

そこへ表の腰高障子に人影が差し、

「唐木市兵衛どのはおられるか。御小姓方の橘《たちばな》京之助《きようのすけ》と申す」

と、声がかかった。

「はい。唐木市兵衛でございます」

表戸が開けられ、五十年配の細身の侍が立った。

いかにも御小姓衆らしき裃姿が上品な扮装である。

「これは」と桑野と山谷が居住まいを正した。

「御年寄・小松さまの使いでまいった。お指図がござる。小松さま御用部屋にご案内いたす。唐木どの、まいられよ」

御年寄・小松雄之助は黒い縁《ふち》の眼鏡《めがね》をかけていて、眼鏡の奥の細い目に曇りのない笑みを浮かべ、白髪に大柄な身体を遠慮がちに丸めた風貌が朴訥《ぼくとつ》な人柄を偲《しの》ばせる品のいい老侍だった。

身綺麗に黒の袢を着用しているものの、文机《ふづくえ》に向かって端座し、帳面を開いている様は、武張《ぶば》った力がとうに抜け、寛いだ隠居風の穏やかさを漂わせていた。

陶器の火鉢に片手を軽く載せ、

「やあやあ、おぬしが唐木市兵衛か。まあ、入れ」

と、襖の外の廊下に手をついた初対面の市兵衛に、気さくな言葉をかけた。

「御前ではないのだ。話があるから、遠慮せずもっと近くへ寄れ」

膝から御用部屋へ入り端座すると、童子を呼ぶような手招きをした。

そして、市兵衛を案内して廊下に控える橘に言った。

「先ほど申したように大殿さまにはお伝えしておいてくれ。ついでですまぬが、誰ぞに茶を持ってこさせてくれぬか」

「心得ました」

橘が応え、襖を閉じた。

部屋の障子に庭の木の影が映っていた。

小松は眼鏡をはずして文机から市兵衛に膝を向け、市兵衛の仕種をやわらかい笑みを絶やさず見守った。

「昼餉はすんだか」

市兵衛が膝を進めてから言った。

「いただきました。いろいろとご配慮、ありがとうございます」

「なあに、大したことはしておらぬよ。上屋敷で見事な試合をお見せしたと聞いた。大殿さまが凄い試合を見たと感心しておられた。生まれは江戸だそうだが、どういうお家柄か」

「祖父の代より旗本屋敷の足軽奉公でございました。母はわたくしを産んだ折りに亡くなり、わたくしは母を知りません。父はわたくしが十三歳の年に身罷《みまか》り、父の死を機にお屋敷を出て上方へのぼりました」

「身と識の乖離のない己の道を探しに、だな」

小松は大殿さまからだいぶ聞かされたようだった。

「畏れ入ります」

「畏れ入ることはない。早熟だったのだな。剣術指南役の篠原がおぬしの剣を天の才と評したと、大殿さまからうかがった」

「わたくしには、なんとも申し上げられません」

「当人にはそういうものなのだろう。天の才を授かっていようと、努力がなければ才は花開かぬ。努力ができるから才人なのかもしれぬ」

襖の外に「失礼いたします」と声がし、中間が茶を運んできた。

「ま、茶を喫し、ゆるやかにせよ」

小松は自ら茶碗をとり、市兵衛にも勧めた。

市兵衛は香りのいい煎茶《せんちゃ》をゆっくり含んだ。

障子に映る木の影に、数羽の冬雀《ふゆすずめ》の影がのどかに飛び交っていた。

「なんとはなし、居心地《いごこち》のいい御用部屋でございます」

市兵衛は、ふとのどかさに誘われ、言った。

「本当はな、年寄役のわたしに用部屋などいらぬ。大殿さまが、小松はもう歳だから勤めにくたびれたら休めと、御用部屋と称してここをご用意くだされたのだ。ゆえに用部屋でわたしにする御用などない。あはは……」

市兵衛は微笑《ほほえ》み、「あは、なるほど」と頷いた。

「唐木の、役目の話をしよう」

はい——と、茶碗をおいた。

「おぬしはこのたびの役目を、どのように聞いておる」

「お屋敷のお庭周りの番人役と、うかがっておりました」

「確かにその通りだ。だがな、邸内の見廻りという役目だけではないのだ。邸内の見廻り役は徒士組、足軽、本家は番方が務め、中間小者《こもの》もおる。それでは手不足ゆえに新たに見廻り番を雇うのではない。そのような事なら、大殿さまや殿さまが雇い人の剣の腕を確かめる試合を、わざわざご覧になる必要はなかった」

小松は茶を含み、喉《のど》を鳴らした。

「御前試合ではあったが、じつのところ、大殿さまが雇う者の剣の腕をご覧になりたいと言われ、それならば殿さまもということになり、挙句《あげく》に上屋敷の重役方もそろって、ついついずいぶんと大袈裟《おおげさ》になってしまった。そんなつもりではなかった、と大殿さまは笑っておられた」

「わたくしも、お庭周りの見廻り番をお雇いになるだけにもかかわらず、御前試合まてしてとはどういう勤めだろうかと不審を覚えました」

「そうであろうな」

小松は茶碗をおき、少しふくらんだ腹の上で手を重ねた。

「大殿さまには御側室のお露さまがおられ、当屋敷の奥向きにてお暮らしである。お露さまは、大殿さまの御子をお産みになられ、御歳《おんとし》十一歳になられる若さまと四歳になられる姫さまもご一緒である。お歳を召してからお生まれになられた御子さま方ゆえ、殊《こと》のほか大殿さまの若さま姫さまへのお慈《いつく》しみが深い。お露さまとのお仲がよろしいのは申すまでもない」

それからしばし、障子に映る木の影へ眼差しを投げた。

「奥向きには特別な事情がない限り、表の者が入ることは許されん。奥女中が三人、お露さまと御子さま方にお仕えしておる。素性《すじょう》も気だても確かな奥女中で、長くよく仕えお守りしておる。が、大殿さまは近ごろ、奥女中だけでは心もとないとお考えになられた。万が一、万が一だぞ。お露さまと御子さま方の身に危害がおよぶ事態が起こってはならぬゆえ、用心に奥向きの番人が必要ではないかとな。わかるか」

小松はそう言って市兵衛へ目を戻した。

「お話を、お進めください」

市兵衛は応えた。

ふむ、と小松は頷いた。

「むろん、お露さまや御子さま方の身に危害がおよぶような事態など、万が一であってもあるはずがない。そう、何もありはしない」

と、小松は繰りかえした。

「しかし、大殿さまはご心配症なのだ。とりこし苦労をあれこれなされ、奥向きお庭周りの見廻り、奥向き周辺の見張り番にあたる格別の役の者をお雇いになることをお決めになられた。有り体に申せば、お露さま、若さま、姫さまをお守りするため、お三方に常につき従う添番のような役だ」

小松の説明はわかる。

ただ、とりこし苦労のために、というのが少々訝しい。

「大殿さまにはわれら家臣が従い、武士たる者、一命あらば命を賭《と》して主命に従う、それをおろそかに思うことはない」

小松は微笑んだ。

「ただ、われらは大殿さまの家臣。お露さま、若さま、姫さまを不測の事態よりお守りするのは当然としても、家臣は表勤めが役目。奥向きの家臣は奥女中がおり、奥女中が奥向きを束《たば》ねる役目。表と奥、それぞれこえてはならぬ分《ぶん》がある。その分が万が一の不測の事態の折りに障《さわ》りになってはならぬ。であるがゆえに、あくまで念のための手だてを講じられた。すなわち、唐木市兵衛を見こんでお雇いになられた」

とりこし苦労とはどのような、とは市兵衛は訊きかえさなかった。

小松の口調は穏やかで、むつかしい役目ではないと言いたげである。

「おぬしは、お露さまと御子さま方をお守りする役目が最優先と心得ておくのだ。大殿さまよりもだ。それが大殿さまのご意向である。と言うて、万が一の不測の事態の折りや格別な許しを得ずして、お露さまや御子さま方のおそばに軽々しく近づいてはならぬぞ。節度は守らねばならぬし、大殿さまがおぬしに決められたのも、剣の腕だけではなく、人品骨柄《じんぴんこつがら》においても相応《ふさわ》しい者と、ご判断なされたからだ」

確かにむつかしい役目ではない。

だからよけいに、とりこし苦労のために、が気になった。

「奥向きお庭周りの見廻り、見張り番、勤めは様々にあるが、段どりはわたしが指示を出す。ときにはお露さまの御駕籠に添って出かける場合もある。昼間より、夜のお庭周りの見廻りを厳重にして……」

給金は十両を提示された。年給である。お庭周りの見廻り番だけであれば、相当な高額と言っていい。

「小松さま。お指図に従い、懸命に勤めます」

市兵衛は小松を遮《さえぎ》り、頭を垂れた。だが、市兵衛は続けた。

「お訊きいたしたいことがございます。よろしゅうございますか」

「……やはり、不審か」

「御家中に人物がおられるはずです。大殿さまがご心配症で万が一の不測の事態を気にかけられ、とりこし苦労をなされ、あくまで念のために御側室のお露さま、若さま姫さまの身の安全を図られるのであれば、本来は、御家中の相応の人物が務めるべき役目ではございませんか」

小松の穏やかな目が、おかしそうに笑った。

「もっともだな」

「ではなぜ、御家中の相応の人物ではなく、御前試合までして……」

「わたしにはわからぬ」

と、大らかに言った。

「それは大殿さまがお決めになった。家中の者ではなく、浪人のそれなりの人物を自らの目で確かめ、選ぶとな。大殿さまはそれ以上、何も仰られぬ。大殿さまがお決めになったことを、家臣のわたしがとやかく申し上げる必要はない。上屋敷の殿さまもそれほど気になさるのならと、家中の者を差し向けるご意向を示されたが、大殿さまはそれもお断りになられた。それが大殿さまのご判断なのだ」

だからおまえもとやかく言わずなすべきことをなせ、と小松の笑みは言っている。

「唐木、これからお庭先より奥へまいる。大殿さまもおられる。お露さま、若さま姫さまにお目通りをいたす。おぬしなら大丈夫とは思うが、念のため、心穏やかに粗相のないようにな」

小松は妙なことを言い添えた。

七

小松に従って飛び石を伝い、表と奥向きの仕きりの土塀に設けられた妻戸《つまど》をくぐると、金木犀《きんもくせい》や柊《ひいらぎ》の木々と塗垂《ぬりたれ》のある広々とした庭になっていた。

飛び石が妻戸から枯山水《かれさんすい》の間を濡《ぬ》れ縁《えん》の踏み石へ、ゆるやかにくねり続いていた。

濡れ縁に続いて縁側と座敷があり、座敷には大殿さまの午前の衣裳《いしょう》を着替えた茶羽織姿と、隣に御側室のお露さまと思われる色鮮やかな打掛《うちかけ》姿が、二人そろって庭を眺める風情《ふぜい》で着座していた。

三人の奥女中が座敷の次の間に、やはり庭の方へ向いて控えている。

濡れ縁の踏み石の近くでは、前髪《まえがみ》の男児と目刺喝食《めざしかつしき》の童女が戯《たわむ》れていた。

男児は十歳前後の萌黄《もえぎ》色の羽織に縞袴《しまばかま》、童女はずっと幼く、赤い模様の振袖《ふりそで》をなびかせ小枝を片手に走り廻っていた。

童女が無邪気な声を上げて男児を追いかけ、男児は幼い童女から逃げ廻って、あっちへ走りこっちへ走りしている。

遠目にも、大殿さまとお露さまの御子である若さまと姫さまとすぐにわかった。

大殿さまが御子にかける声や、控えている奥女中の笑い声が聞こえた。

小松は飛び石の途中に立ち止まり、膝へ手をあてがい、大殿さまとお露さまの居並ぶ座敷へ深々と頭を垂れた。

市兵衛もむろんそれに倣《なら》うが、大殿さまとわかるほどまだ拝顔してはいない。

小松と市兵衛に気づいて、庭の笑い声やはしゃぎ声が途絶えた。

午後ののどかな日差しが降り、冷たい北風もなく、冬の寒さも気にならない。

大殿さまとお露さま、次の間の奥女中が、御年寄の小松と後ろに従う市兵衛を見つめていた。

「まいるぞ」

小松が小声で市兵衛に言った。

目を伏せたまま飛び石を伝ってゆくと、童女が「爺《じい》っ」と呼びかけながら小松の前へ元気よく走ってきた。

雪のような白い頬が薄桃色に染まり、思わず見とれるほどに愛くるしい童女であった。息をはずませ、

「爺っ、わたしは市兵衛じゃ。えい」

と、小枝で小松を斬る仕種をした。

老練な小松は心得て、「うわあ」と斬られた様子をして見せ、

「姫さまはお強うござる。爺はかないませぬ」

と、顔をおかしく作って姫さまから逃れるふりをする。

姫さまはそれがおかしくて、生《は》えそろって間もない白い歯並みを見せて、きゃっきゃっ、と笑い、繰りかえし小松に戯れかかった。活発な姫さまだった。

「美帆《みほ》、爺が困っておるだろう。やめろ」

若さまが追いつき、姫さまを大人びた口調でたしなめた。

そのまさに美童と言うべき顔だちが、小松から市兵衛へ優しげに微笑みかけ、市兵衛は畏まった。

若さまのその目は、二重《ふたえ》の黒目がちな姫さまとは異なるきれ長な一重《ひとえ》で、何かしら言うに言われぬ大人びた愁《うれ》いを漂《ただよ》わせていた。

それにしても、なんと美しい兄と妹だろう。

「これはこれは若さま、お気遣いありがとうございます。姫さまにかなうのは若さましかおられません」

「えい、市兵衛じゃ」

と、姫さまはそれでも止《や》めない。

「ほいほい。爺は逃げますぞ。姫さま、本物の市兵衛がここにおりますぞ。この者が本物の市兵衛でございます。連れてまいりました。本物の市兵衛がお相手仕《つかまつ》ります」

小松が後ろの市兵衛に並びかけて言うと、姫さまが「あ」と立ち止まった。

若さまも唖然《あぜん》として市兵衛を見上げた。市兵衛は笑みを作り、

「唐木、市兵衛でございます」

と、声をやわらげ、頭を低くした。

しかし姫さまは市兵衛を見つめ二、三歩後退《あとじさ》り、小枝を捨てた。

何かはわからない、不思議な物を見つめている二重のつぶらな目である。

「そなたが市兵衛か」

気をとりなおした若さまが一重のきれ長な目で見つめた。

「はい。若さま姫さまにお目にかかれ、光栄に存じます」

「うん。苦しゅうない」

若さまが言ったとき、姫さまはくるりとふり向いて庭を駆け戻った。

濡れ縁から縁側へ這い上がり、座敷のお露さまの胸に飛びこんだ。

お露さまは姫さまを抱き留め、何か話しかけている。姫さまはお露さまの膝の上で目刺喝食の頭をふっている。

若さまも座敷の方へ駆け戻り、若さまは座敷の大殿さまの傍らに着座した。

大殿さまは若さまをのぞきこむように話しかけ、それから、からからと笑った。

親子四人の睦《むつ》まじい様子である。

小松が低頭しながら飛び石を踏み、市兵衛は後ろに従って濡れ縁へと進んだ。

「大殿さま、唐木市兵衛を連れてまいりました」

二人は顔を伏せ、大殿さまの言葉を待った。

「うん、きたか。面を上げよ」

大殿さまが張りのある声を響かせた。

面を上げても真っ直《す》ぐには見ぬようにするのがたしなみである。

しかし大殿さまは、市兵衛に気さくな物言いを投げた。

「唐木、かまわぬ。もっと面を上げ、こちらにちゃんと顔を見せよ」

この広い庭の木々や高い屋根にも、冬雀がさえずっている。

市兵衛は大殿さまの、六十をすぎていると聞いているのに、武門の主らしい精悍《せいかん》さを失わぬ鋭い風貌に驚いた。少々日に焼けている艶やかな面差《おもざ》しは、隠居暮らしで下屋敷に閉じこもっているのではないことを物語っていた。

したたかな何かが伝わってくる精気が、この大殿さまには漲っていた。

「ふむ、市兵衛。よい面《つら》つきをしておる。男前だ」

だが市兵衛に対する大殿さまのふる舞いには、世俗の装飾を捨て達観した、軽々とした諦めのようなものが感じられた。

「役目は小松から聞いておるな」

「承知いたしております」

答えたとき、ふと、市兵衛は兄の片岡信正《かたおかのぶまさ》を思い出した。それから、十三のときに亡くなった父・片岡賢斎《けんさい》の面影《おもかげ》が脳裡をよぎった。

市兵衛が上屋敷で、なぜか惹きつけられ、胸が騒いだのはこれだったた。ただ、懐かしいと思った。

なぜこの務めを受けたのか、市兵衛は己自身のふる舞いがそのときようやく腑《ふ》に落ちた。

「露と、わが子の悠之進《ゆうのしん》と美帆だ」

ははあ――市兵衛は一瞬、お露さまを垣間《かいま》見、言葉にならぬ神々《こうごう》しさに、束《つか》の間《ま》、言葉を失った。お露さまは長く白い指を姫さまの背中に重ねて抱き留め、市兵衛へかすかな微笑みを向けていた。

お垂髪《すべらかし》の肩から背へ垂れていく髪色が、淡い栗色だった。

打掛は銀地にえぞ菊の紫、白、朱色の裾《すそ》模様が彩《いろど》り、金糸《きんし》がまるで光の筋のように肩から裾へ斜行していた。

細面《ほそおもて》の雪の肌に深い二重の目に輝く光が、果てしなく静かな空を思わせた。

なんとその眼差しには空が映っていた。

細い鼻筋の下に朱を刷《は》いた唇は、艶《あで》やかなやわらかさに包まれ、くっきりと結ばれていた。

その朱の唇から白い歯をわずかにのぞかせ、姫さまに何かをささやきかけた一瞬、白い小さな玉がこぼれ落ちたかのようだった。

そうか……

市兵衛の胸の中を、遠い異国の風が吹いた。

それは切ないほどの愁いに満ち、物悲しく儚《はかな》い輝きだった。

心穏やかに粗相のないように、と言った小松の言葉の意味がわかった。

「露とわが子らの顔を覚えたか」

大殿さまが言った。

「しかと、覚えました」

「子らがな、強い強い市兵衛に会いたいと言うたのだ」

「畏れ入ります」

「ぬかりなく、務めよ」

「ぬかりなく、相務めます」

市兵衛は繰りかえした。

しからば、このたぐい稀《まれ》なる美しきお露さまと、若さま姫さまの御《おん》ため、大殿さまのとりこし苦労におつき合いいたしましょう、と腹をくくった。

妻戸を出ると小松は、

「驚いたか」

と、吐息まじりに言った。

「いえ。ただ、お露さまは長崎で見た西洋の女性とは、少し様子が違っておられます」

「おぬし、長崎へいったことがあるのか」

「三十近くより、五年ほど諸国を廻りました」

「諸国をか。わたしは武蔵のわが生国と江戸しか知らぬ。狭い世界しかな」

「諸国を廻って広い世界がわかるとは限りません。心の中の世界は、もっと広うございます」

「商人の下で算盤を身につけたそうだな。侍の道と商人の道は、どう違う」

「商いは商人同士の信用がなければ成りたちません。侍は侍という身分が信用を生みます。商人にはそのような身分はありません。約束を守るという信用が信用を生みます。ですから、商人は商いで交わした約束を守るために己を賭けます。侍が主君への忠義に己を賭けるように。どちらも人の道です」

「侍と商人が同じだと言うのか」

「そうではなく、人の道が同じだと言うておるのです」

「ふふん……理屈の多い男だ」

妻戸を出てから、二人は本家を囲む内塀と外塀の間の邸内の道を、表門の方へゆったりとした歩みで進んでいた。

葉を落とした欅《けやき》の古木が、外塀ぎわのだいぶ日が西に傾いた空にそびえている。

道の先に中長屋の木戸が見えていた。

「小松さま、どちらにいかれるのですか」

「ふむ。ちょいと寄りたいところがある。おぬしも今日はもうよい。務めは明日からだ。途中まで歩きながら話そう。かまわぬから並んで歩け。話しにくい」

小松が促した。そして、

「あの木はな、わたしが大殿さまにお仕えして江戸と国元を何度も旅をし、江戸勤番の折りにこの下屋敷を訪ねた若かったころから、今と変わらぬ大木だった」

と、欅を指差した。

「わたしが生まれる前から大木で、わたしが死んでからも大木として生き続けるのだろう。木は人よりも長く長く生き、大きくなっていく」

市兵衛は小松に並びかけ、小松の横顔の向こうに見える欅を見上げた。

小松の背丈は市兵衛より少し低い。ただ恰幅はよかった。

「詳しい経緯は知らぬ。お露さまは、和人のえぞ交易の商人の娘とロシアの武人との間にお生まれになったお方だと聞いている。もしかしたら異国との交易の禁を犯した和人かもしれぬ。なぜそのようなお露さまと大殿さまがと思うか」

「ですが、訊いてはならぬのでしょう」

「そうだ。知る必要はない。ゆえにわたしも本当に知らぬのだ。およそ十年前、お露さまを御側室に迎えられた。まだ御当主だったころだ。その年の冬、若さまがお生まれになり、三年前、姫さまがお生まれになった。先ほども申したが、大殿さまのご寵《ちょう》愛《あい》は並大抵のものではない」

「ゆえに、とりこし苦労ですか」

あはは……

小松は破顔した。

「いかにも、ご寵愛の深さゆえに大殿さまらしいとりこし苦労だ。わたしが思うに、大殿さまは御当主を退かれ、この下屋敷にてお露さまとのお暮らしを始められたのち、何やら、お露さまとの暮らしを家中の事柄とは一線を画しておられる、そんな節が見られる。そう、お露さまはわが奥平家では大殿さまの御側室というお立場だが、大殿さまにとっては、大殿さまおひとりのお露さまなのだ」

市兵衛は小松のゆるやかな歩みに合わせつつ、お露さまの目に湛《たた》えられた空を思い浮かべた。

「むろん家中の者はみな、お露さまがどのようなお方か存じておる。存じてはおるがみな、なぜかお露さまのことは口にせぬ。いつからとはなく、そうなっておる。おそらく、お露さまがお家の御側室というお立場をこえて大殿さまの深いご寵愛を受けておられるのを、家中の者はみな傍《はた》からとやかく申すことではないと、受け入れているからではないかのう」

小松は咳払いをし、少し考えた。

「この邸内にお隠し申しているのではないぞ。お露さまがお出かけになるのを、大殿さまは身体によいと、お勧めになっておられるくらいだ。稀に、お家の祝い事の折りなどに、上屋敷へお露さまをともなわれていかれることもある」

そこで小松は、声を抑えて笑った。

「お露さまの御駕籠が上屋敷に着くと、邸内がざわめくのだ。お露さまだ、お露さまが見えた、となる。しかし、大殿さまはお露さまがそんなふうに見られることを、あまり好まれん。なるべくお露さまをそっとしておきたい、と思っておいでなのだ。だから、このたびの大殿さまおひとりのご懸念、つまりとりこし苦労に、家中の者を煩《わずら》わせたくはなかったのではないかな。わたしの推量だが」

ふと、市兵衛にはお露さまの輝きの背後に横たわる、人の世の深い影が見えた気がした。

「大殿さまのご懸念が、とりこし苦労だけではないのかもしれぬ。しかしそうであろうがなかろうが、わたしは与《あずか》り知らぬ。わたしが若くて元気であれば、わが身命を賭して大殿さまが心より大事に思っておられるお露さまと御子さま方を守って見せる。

大殿さまのとりこし苦労もなかったかもしれぬ。わたしが若ければ……」

小松は市兵衛へ首をひねり、口元を虚《むな》しげに歪めた。

「だが、もう若くはない。歳をとった。老いぼれのわたしの手足となり、お露さまと御子さま方をお守りする役目を常に最優先に務めることのできるそれなりの人物をつけようと、大殿さまがお考えになったのは無理からぬことだ。表と奥のけじめをつけなければならない家中の者では、かえって務めにくい。だから唐木なのだ。おぬしのような人物がよくきてくれた」

「わたしは渡りの用人勤めを生業《なりわい》にしてまいりました。渡りは己の役目をまっとうできなければ、無用の者です」

市兵衛は小松へ笑みをかえした。

「役目をまっとうできず無用になった者を、どこのお家がお雇いになるでしょう。ですから、渡りごとき者にも己の役目をまっとうする志《こころざし》がなければ勤まりません。小松さまのお指図に従い、しがない渡りの身を賭して、わが役目を果たします」

「頼もしい。市兵衛……」

と、小松は唐木ではなく市兵衛と呼んだ。

そのとき、二人が歩む道の前方の中長屋の木戸より、青物などを入れた笊《ざる》を抱えて桑野が出てきた。

　桑野は隣の市兵衛の住まいの木戸をくぐろうとして、市兵衛と小松が並んで近づいてくるのに気づいた。

　おや？　と顔つきをゆるませ、市兵衛の住まいへ声をかけた。

　今宵の宴の支度が始まっているらしく、山谷が団扇《うちわ》を持って市兵衛の長屋の木戸から出てきた。

　そうしてやはり市兵衛と小松を見つけ、顔をゆるませた。

　市兵衛は二人へ一礼を投げ、小松へ言った。

「桑野さんと山谷さんです。長屋の隣続きにお住まいで、今宵、歓迎の宴を開いていただけるのです」

　小松の横顔が前方の二人へ向き、ふふ……とほころんでいた。

　さらに近づくと、桑野と山谷が小松へ丁寧に腰を折った。

「仁蔵、太助、しばらく顔を見ていなかったので、どうしておるかと思うてな」

　小松が気さくな声をかけた。

「ははは……雄之助さまも足腰が弱うなって、外へ出るのが億劫《おっくう》になられたかと、太助と噂しておりましたぞ」

二人は顔を上げ、桑野が気安く応じた。

山谷が、そうそう、というふうに首をふった。

「この通り、まだなんとかもっておるわ。おぬしら、元気そうだのう。何よりだ。太助、娘から便りはきたか。孫はどうなった」

「へえ。三人目も女子《おなご》が生まれたと、先だって便りが届きました」

「そうか。女子であろうと男児であろうと、子は国の宝だ。重畳《ちょうじょう》なことだ。仁蔵、おぬしの倅《せがれ》は……」

などと、小松は桑野と山谷に声をかけ、それから市兵衛へ向いた。

「仁蔵と太助はわが幼馴染《おさななじ》みだ。三人でいつも遊んでいた。太助が一番年下で泣き虫でな。わたしと仁蔵が泣きやますのに苦労した」

うふふ、うふふ……

と、山谷が首をすくめ、笑い声をくぐもらせた。

なんと小松の所用は、幼馴染みの桑野と山谷に会いにくることだったのか。

「市兵衛はまだここの暮らしに慣れぬ。よろしく頼むぞ」

「気だてのよい男ゆえ、すぐ気安うなりました。さすが大殿さまはお目が高《たこ》うござる」

「今宵は市兵衛の歓迎の宴でござる。雄之助さま、一緒にどうでござる。酒も食い物もたっぷり用意いたしておりますゆえ」

「市兵衛の歓迎の宴か。そうだな。しばらくおぬしらとも呑んでおらぬしな。よし、わたしも入れてもらおう。かまわぬか、市兵衛」

「かまわぬどころか、勿体《もったい》ないことです」

「そうと決まれば、太助、腕によりをかけるぞ」

「いいとも。愉快じゃのう」

「わたしも酒を持ってくる。大殿さまからいただいた上等の下り酒がある。それをみなでいただこう。みなで呑むと、殊のほか美味《うま》かろう」

小松の声と桑野と山谷の大笑いが、六十年前の幼き童《わらべ》のごとくにはずんだ。

第二章　えぞ交易

一

その日、御公儀十人目付《じゅうにんめつけ》筆頭・片岡信正に御老中・青山下野守《あおやましもつけのかみ》より、ある奇妙な御沙汰《さた》があった。

昼近く、江戸城中奥と表を上さまがお渡りになる御成《おなり》廊下東側に設けられた御老中御用部屋へうかがうと、信正は青山下野守に「近くへ……」と、御用部屋の一隅《いちぐう》へ呼び寄せられた。

畏《かしこ》まって着座し、老練な下野守の強く結んだ唇に幾《いく》ぶん困惑が浮かんでいる様子に懸念を覚えたのが、その御沙汰の始まりだった。

「片岡、手を上げよ。早速だが、呼びたてたのはえぞ地にまつわる奇妙な噂《うわさ》についてだ。御公儀のえぞ地直轄《ちょっかつ》の施策は、むろん存じておるな」

下野守はいきなりきり出した。

おおよその経緯《いきさつ》は存じております――と信正は応《こた》え、頭を上げた。

「おおよそでよい。申せ」

信正は、もしや先だって起こった旗本・宮島泰之進の一件か、と疑った。

「えぞ地開国は、寛政十一年（一七九九年）にえぞ地の異国よりの防備、すなわちロシアへの防備と開拓のため、松前領の東えぞを幕府上知《あげち》により仮直轄地といたし、享《きょう》和《わ》二年（一八〇二年）、箱館にえぞ奉行所がおかれましたことをおおよその始まりといたします」

と、信正は経緯を述べ始めた。

「同じく享和二年、えぞ奉行を箱館奉行と改称。文化三年（一八〇六年）ごろよりロシア人のえぞ地での狼藉《ろうぜき》がしばしば起こった事態や、東えぞだけでは幕府の目がいき届きかねたことなどより、文化四年に松前家を奥州へ国替え。箱館奉行を松前に移して松前奉行と改め、東西北のえぞ地すべてを幕府直轄といたしました」

下野守は面白くもなさそうに、ふむ、と頷《うなず》いた。

「文化八年に起こったロシア士官・ゴローニンの拘束《こうそく》と二年三カ月後の釈放によっ

て、ロシア人とのえぞ地での紛争は一応収まりました。しかしながら、文政四年（一八二一年）、えぞ地開拓が思うようには進まず、異国・ロシアの脅威も収まったこともあり、えぞ地直轄をやめて松前領に戻し、翌文政五年、すなわち半年前の七月、松前奉行が廃止されたのでございます」

えぞ地防備、および開拓について――と、信正は続けた。

「えぞ地幕領のひとつの狙《ねら》いは、えぞ地にて暮らすアイヌを御公儀の御政道の下におくことであり、今ひとつはえぞ交易の改革、すなわち、幕府の直捌《じきさばき》による御救《おすくい》交易でございました。幕府のえぞ交易は、天明《てんめい》（一七八一～八九年）のころの御試《おため》し交易ですでに始まっており、東えぞ地の場所請負制度を廃して直捌にし、従来の請負人の運上屋は会所と改め、幕吏《ばくり》がつめて交易を公正に保ち、江戸にもえぞ交易の会所を設けました」

信正は下野守の様子をうかがい、「よろしゅうございますか」と確かめた。

下野守は黙っており、やめよとも、続けよとも言わなかった。

「その一方で、東えぞの主な会所の地、有珠《うす》、様似《さまに》、厚岸に三官寺を創建し、主にえぞ地に居住するアイヌの人々に仏教を心のよりどころとするように広め、文化四年に全えぞ地を幕領にするにあたりましては、南部、津軽、秋田、庄内《しょうない》、会津《あいづ》などの諸大名にえぞ地防備の命《めい》がくだされ、およそ四千七百名の藩兵が防備の任についたのでございます」

「ほかには」

と、下野守はそこで短く言った。

「えぞ地は鰊《にしん》、鮭《さけ》、昆布、鮑《あわび》など、豊かな漁場であり、えぞ交易によってもたらされる海産物は、長崎における唐《とう》との重要な交易品でございます。また、奥地では鷹《たか》や砂金が以前は採《と》れ、今は、熊革《くまがわ》、えぞ錦《にしき》などの絹《きぬ》織物、樺太玉《からふとだま》などの装飾品、江差などの檜山《ひのきやま》の木材資源が東廻り航路をへて江戸に、西廻り航路をへて大坂に運ばれております。しかしながら……」

信正はそう言って、束《つか》の間《ま》、考えた。

「しかしながらえぞ地は、果てしなき原野が広がり、冬は人を寄せつけぬ厳寒の大地となるのでございます。寒さに慣れているはずの奥羽《おうう》諸藩ですら越冬の藩兵が、ある年は二百五十人中の百十九人が陣没、またある年は百人中の陣没者七十二人、帰国途中に倒れた者十三人、みな凍死および極端な野菜不足による病死、という報告がわれらにもたらされております」

下野守が、う、とかすかな吐息をつき、困惑の浮かんだ顔が歪《ゆが》んだ。

「すなわち彼《か》の大地においては、原野をきり開き土地を耕《たがや》しても、米は実らず、人々の飢《う》えを癒《いや》す獣《けもの》は見つからず、十分な食料を冬がくる前に備えておかなければひと冬すら無事にこせません。そのうえでさらに、えぞ地の気候風土に対する正しき知恵と備えがなければ、厳寒が人々の命をたちまち奪ってしまうのです」

「正しき知恵と備えか……片岡は御公儀のえぞ地直轄の施策を、正しき知恵と備えがなかったと言いたいのか」

「正しかったか誤っていたかを、今は申せません。それを判断いたしますには、長いときがかかるであろうと考えます。ではございますが、えぞ地直轄が思うように開拓が進まず、おとりやめになったひとつの結果は出ております。開拓に携《たずさ》わった者は、その結果によっておよぼされた諸々《もろもろ》の事態に向き合って今を暮らさねばならず、その者らにとってのちの世の正誤の判断は、今の助けにはなりません」

「片岡は、えぞ地にまつわる噂について何か聞いたことはあるか」

「もしや、宮島泰之進どの殺害にかかわる噂でございましょうか」

「まあ、そうだ」

「一件は今のところ町方の掛《かかり》ゆえ、われらは町方の調べを注視しておるのみではございますが、当事者の一方が旗本という事が事だけに、町方の調べの進展につきましては念のため、配下の者より報告を受けております」

信正は慎重に言い廻した。

「宮島どのの供の中間《ちゅうげん》が証言いたしておるところによりますれば、殺害におよんだ者らは十数人、あるいはそれ以上。物盗り強盗の類《たぐい》ではなく、えぞの恨《うら》み、と殺害の直前に言っておったそうでございます。なおかつ、殺害に使われた得物《えもの》が短銃、それも火縄ではない西洋の短銃と思われます」

「われらが、見る機会のない銃だな」

「はい。わたくしはございません。見るのみならず手に入れるとすれば、長崎で異国との交易に携わる者や、えぞ地でアイヌとの交易に携わる者がアイヌを介《かい》してロシアより手に入れる道筋などが考えられます。どちらにせよ、武家より商人の方が西洋の銃の入手は容易《たやす》いと見こまれ……」

「宮島を殺害した銃は、えぞ地より入ったと見こまれるのか」

「町方は、宮島どのが松前奉行配下の御用方のおひとりであったがゆえ、えぞ地での役目にお就《つ》きの間に、彼の地の人の恨みをなんぞ買われたのではないか、という見方をしておるようでございます」

「町方には、恨みに思っておるのが誰か、目星がついておるのか」

「いえ、それはまだ。ゆえに、われらに調べよとの御沙汰なのではございませんか」

下野守は黙って御用部屋の腰障子《こししょうじ》へ目を投げた。

障子に白い日が差している。

「八王子《はちおうじ》の千人同心《せんにんどうしん》がえぞ地に入植した事の顚末《てんまつ》は、存じておるか」

「八王子千人同心のえぞ地の備えと開墾《かいこん》は存じておりますが、顚末までは存じません。ただ、えぞ地開墾を願い出られた千人同心頭《がしら》の原半左衛門《はらはんざえもん》どのや一部の者らが、先年のえぞ地直轄のとりやめにともなってか、あるいはそれ以前にかは存じませんが、すでに八王子に戻っておられる由《よし》にございます」

信正はそこでひと息、間をおいた。

「原半左衛門どのは開墾地より戻られたのではなく、えぞ奉行が箱館奉行になってからの支配調役《しはいしらべやく》に就かれ、配下の者はそれぞれ地役雇《じやくやと》いとなっておりました。ほかの千人同心のその後の顚末はわからず、と」

「悲惨な状況であったらしい。多くの者が死んだ。そうして、千人同心は消え去ったのだ。えぞ地の気候風土への正しき知恵と備えがなかった」

「すなわち宮島どのの殺害は、八王子千人同心のえぞ地入植に応じた者の中の誰か、とお考えなのですね」

「噂に基づいた推量でしかない。しかしその噂、入植に志願した八王子千人同心の一部の者が文化の六、七年ごろ、厚岸会所の幕吏・吉岡栄太郎《えいたろう》を殺害して、入植地より消え去ったというものだ。その者らは白糠《しらぬか》《場所》に入植し、多くの犠牲者を出しながら最後まで諦《あきら》めず残っていたらしい。このまま引き下がれぬ。そういう一念があったのかもしれぬ。それゆえ最後は、よけい無残な有り様《さま》だったようだ」

「その開墾地の頭の名は、わかっておるのですか」

「安宅猪史郎《あたかいのしろう》、八王子千人同心の組頭《くみがしら》の家の部屋住みだった。入植地が悲惨な冬を迎えつつあったとき、厚岸会所の調役・吉岡栄太郎にお救いを願い出たが、吉岡は奉行所のお許しがなければ救済はできぬと、杓子定規《しゃくしじょうぎ》に拒否した。今日明日にも人が飢えて凍《こご》えて倒れるというときにだ。松前の奉行所に至急かけ合《お》うてくれとの安宅の懇《こん》願《がん》に、吉岡が奉行所よりの返事をもたらしたのはひと月後だった」

「それでは、今日明日にも人が飢えて凍えて倒れるというときに、救済がひと月も遅れたのですね」

「違う。救済は行われなかった。その折り、松前奉行所の根室釧路方面の御用方が宮島泰之進であった。宮島は実情をよく知らなかった。八王子千人同心の入植はとうに潰《つい》えたと思っていたらしい。それが白糠にまだ一部の入植者が残っておるということは、その入植地は上手《うま》くいっているゆえと判断した。吉岡も宮島も実情を、知らなんだ。知ろうとしなかった。のみならず、入植地の救済米の横流しの噂もある」

よくあることだ。そのときえぞ地入植を決めた江戸城で、誰がそれを知っていただろう。あるいは知ろうとしていただろう。

自分も同じだな——信正は溜息《ためいき》が出かかり、それを堪《こら》えた。

「ですが、厚岸会所の吉岡栄太郎を殺害したのが、安宅猪史郎か、あるいはその開墾地の誰かかが、という噂は間違いないのですか」

「吉岡栄太郎が殺害されたのはちょうど十三年前の文化六年の末だった。鉄砲で額《ひたい》を射貫《いぬ》かれておった。入植地には二人に一挺《ちょう》の火縄銃が配備されておる。だが、安宅猪史郎は西洋の火縄を使わぬ短銃を持っておったらしい。なぜ安宅が西洋の短銃を持っておったのか、事情は定かではない。安宅ら入植者らがアイヌを介して、あるいは安宅らが直《じか》にロシアと……」

「入植者がロシア相手に抜け荷の国禁を犯していたのですか。それも噂に？」

「らしいという噂だけだ。噂の真偽はわからぬ。何しろ遠い昔の話だ」

「安宅猪史郎は短銃で厚岸会所の幕吏・吉岡栄太郎を撃った。それと同じ銃が、十数年の歳月を隔《へだ》てて宮島どの襲撃にも使われた。すなわち、安宅と入植地の生き残りの者らが、えぞ地で吉岡や宮島どのに見殺しにされた恨みを今なお忘れず、宮島どのを襲ったとお考えなのですか」

「おぬしにも報告が届いておる通り、宮島を撃った銃は西洋の火縄を使わぬ短銃だった。宮島は吉岡と同じく、額を射貫かれていた。偶然とは思えぬ。噂に基づいて推量すれば、同じ銃を同じ者が使ったと見なすのが妥当だろう」

信正は気が重くなった。それを察してか、下野守が自らを納得させるように、

「無事帰ってきた者が生きている限り、無事帰ることができなかった者の無念は、どれほどの歳月がたとうと消え去りはせぬのかもな」

と、低い声で言った。

「安宅らの開墾地は、いつどのように潰えたのでございますか」

「翌年の文化七年には、入植地より忽然《こつぜん》と人が消えていたそうだ。前年の冬、もっとも多くの者が倒れ、全滅に瀕《ひん》していた。その噂では、全滅を救うたのは入植地の余りの惨状を見かねたアイヌだったそうだ」

「なるほど。和人《わじん》が見殺しにした和人をアイヌが救うたのですか」

「そういうことだ。しかし、皮肉を聞くためにおぬしを呼んだのではない。推量であれ、これは放っておくことはできぬ。なぜなら、もしも推量があたっていれば、安宅

らの遺恨、復讐《ふくしゆう》が、吉岡と宮島の二人で終わるとは思えぬからだ」

下野守が苦々《にがにが》しげに口元を歪めた。

「安宅らの入植地の噂は、えぞ地での交易の実情を探る狙いで去年の文政四年、えぞ地を松前家に戻してからすぐに遣《つか》わした密偵より偶然もたらされた。松前家は領地のえぞ地が幕府直轄になる以前より、ロシアとの交易の密約の噂が絶えなかったのでな」

「松前家の噂は、わたくしも聞いてはおります」

「その密偵が厚岸のアイヌの村の長老から、たまたま十数年前の、八王子千人同心の最後の入植地が消える経緯を聞かされたらしい。それゆえ、念のために訊《き》きこみをすると、一連のまことしやかな噂話が厚岸に今なお残っていたのだ」

「噂話では、安宅らが恨んでいた相手が吉岡や宮島どのにとどまってはいないのでございますか」

「ほかにも名がとり沙汰されていたという。例えば、松前奉行配下の根室釧路方面の御用方は宮島のほかに今ひとり、旗本・高嶋数好《たかしまかずよし》がいる。さらに、えぞ地入植の無謀な施策を推し進めた幕閣がいると、あの者らは深く恨みを募らせていたとも聞く。えぞ地直轄が終わって、今は多くが隠居の身だが。宮島も高嶋も、家督を倅《せがれ》に譲っておる」

信正は腑《ふ》に落ちぬものを抱えつつ、繰《く》りかえし頷いた。

「厚岸に残っていたその噂話の報告がもたらされたのは、宮島の一件があった翌日だった。もうはるか昔に終わったはずの出来事だが、推量通りに次が起きたら御政道をゆるがしかねない事態になる。片岡、早急に事の真偽を確かめ、報告をくれ」

さすれば――と、信正は不審を口にした。

「調べた結果がご推量の通りであり、安宅ら一味の行方《ゆくえ》をつかみましたなら、事を未然に防ぐ処置をとる、ということでよろしゅうございますか」

ところが下野守は「うむむ……」とうなった。

「一味より目を離さぬようにし、まずは報告が先だ。八王子千人同心のえぞ地入植の顚末はあまり公《おおやけ》にしたくない。隠すのではないが、宮島の一件と入植地の顚末とを安易に結びつけるのは、判断を誤る恐れがある。おぬしの報告次第でどのような策を講ずるか、考える。今はなるべく隠密に探れ。よいな」

「承知いたしました。では早速に」

信正は御用部屋の畳に手をついた。

二

そのとき、渋井は高嶋家の若党に導かれ、邸内の長い廊下を歩んでいた。

黒光りする廊下は、溜《たまり》の間《ま》を抜けて中庭に面した縁廊下へ折れた。

さすがは千石《ごく》の旗本である。町方同心三十俵《ぴょう》二人扶持《ぶち》の、敷地百坪の組屋敷とはかまえがまるで違う。

若党が書院の腰障子の前に跪《ひざまず》き、「お連れいたしました」と告げた。

書院の障子ごしに「お入りいただけ」と、声がかえってきた。

十畳ほどの座敷に、飾り柱に花活けを架《か》けた床の間を背にして、今は倅に家督を譲り隠居となった高嶋数好が端座していた。そしてその片側に、高嶋家の用人《ようにん》ふうの年配の家士が座を占めていた。

高嶋は隠居らしい袖《そで》なし羽織に渋茶色の無地の小袖を着流し、用人も寛《くつろ》いだ無紋の羽織に袴《はかま》姿である。

本来なら、身分の低い町方同心など座敷に上げることはないが、このたびは元松前御用方の同役だった宮島泰之進殺害の調べに対して、支配役の御老中方より一件の落着に助力すべしとの御沙汰があった。

ゆえに、寛いだ中にも対応を整えた。

用人は渋井の訊きとりに同席するつもりらしかった。

町方風情《ふぜい》のふる舞いにご隠居さまへ粗相や無礼な言動があってはならぬと、見張り役についている格好である。改めて名乗ったのち、

「……本日は、格段のご配慮、お礼を申し上げます」

と、畳に手をついたまま言った。

「渋井どの、どうぞ手をお上げくだされ。先年、松前奉行配下御用方より退き、隠居の身となっております高嶋数好でござる。この者はわが家に長年仕《つか》えておる用人にて、本日、同席いたしますが、よろしいな」

「高嶋家の用人を相務めます、大久保平四郎《おおくぼへいしろう》でございます」

「畏《おそ》れ入ります」

渋井は大久保へ膝《ひざ》を向け、低頭した。

「わがご同役であった宮島どのの身に、まさか、と即座には信じられぬほどの驚きでござった。宮島どのは生真面目《きまじめ》なお役目ひと筋の、まさに侍らしい侍であり、一体誰が何ゆえにと、今もって合点《がてん》がいかぬのです。四年前の文化から文政に替わる前の三

月に、役目をつつがなく終えられ、家督を倅に譲りのびやかに余生を楽しんでおられたと聞きおよんでおりましたのが、突然このような災難に遭《あ》われ、さぞかしご無念でしたろう」

「まったくもって」

渋井は《鬼しぶ》の渋面《しぶづら》を無理やり殊勝に拵《こしら》えた。

若党が茶を運んできた。

「さりながら、起こったことをただ嘆《なげ》いておるだけでは、宮島どののご無念をはらし、ご遺族の方々のお悲しみをお慰《なぐさ》めできるわけではござらん。かくなるうえは、宮島どのを理不尽にも殺《あや》めた賊をただちに見つけ出し捕縛すべく、微力ではござるがこの身がお役にたつならば、と願っておる次第です。さあ、茶を……」

渋井はやせた肩の間に渋面をうずめ、生《なま》ぬるい茶を一服した。

「どうぞ、なんなりとお訊《たず》ねいただいてけっこう。包み隠さねばならぬふる舞い、人の恨み妬《ねた》みを買う覚えは、われら、何ひとつとしてござらん。誠心誠意、お役目を勤め上げることに心血をそそいできた年月でございましたのでな。ただ、えぞ地での役目は、異国よりの防備が重要な務めのひとつであり、役目柄、お答えできぬこともあろうかと思われる。それは何とぞご了承いただきたい」

「ははあ。十分に、承知いたしております」

渋井は丸めた背中をいっそう沈め、茶碗をおいた。そして、

「すでにご存じではございましょうが、一件のあらましは……」

と、訊きとりを始めた。

そのとき渋井は、元松前御用方の宮島を襲った賊が、えぞにおいてロシアと抜け荷を行う浪人者の一味ではないかと素朴《そぼく》に疑っていた。

生き残った中間の証言より、賊が複数の浪人風体《ふうてい》の一味であり、殺害前に「えぞの恨み」と言ったことや、使われた得物が西洋の火縄のない短銃らしきことなどが、渋井にそれを疑わせた。

えぞ地の松前や江差、厚岸や釧路などの《場所》と言われる交易地には、交易に携わる江戸や大坂、諸国の商人のみならず、国元で食いつめた浪人などもひと儲《もう》けを狙って少なからず入っていると、それは以前より知られていることだった。

例えば、えぞ地に渡ったそういう浪人らの中に、異国、すなわちロシアとの抜け荷という国禁を犯す者がいたとしてもおかしくはなかった。

えぞ地の未開の原野に踏み入り、あるいは広大な北の海に乗り出して、異国・ロシアと密《ひそ》かに行う抜け荷は明日をも知れぬ危険がつきものであり、そういう交易場所に

は腕に物を言わせられる武士の力と胆力は、むしろ相応《ふさわ》しいとも思われた。

えぞ地で抜け荷を行っていた浪人らの一味が、幕吏の厳しい追及を受け、多くの仲間を捕らえられたり討たれたりして失った。

追及の手を逃れ生き残った一味が、かつての意趣がえしに御用方の宮島の命を狙った、と推量できなくはなかった。

一件の起こった雪の夜以来、渋井は江戸に足場を持ってえぞ交易に携わる商人の訊きこみに廻っていた。

飛騨屋《ひだ》、栖原《すはら》、伊達《だて》、新宮屋《しんぐう》、小林《こばやし》、村山《むらやま》、熊野屋《くまの》など大型の千石積船《せんごくづみぶね》を保有する豪商らが店をかまえており、その豪商らを通じてえぞの交易品を扱う商人らもいた。

えぞ地ではロシアばかりではなく、イギリス船も姿を現わし入港を求めてきている。

宮島を襲った浪人者が西洋銃を持っていたのは、よほどわけありの道筋があるはずだし、どっかで誰かが必ず異国との抜け荷にからんでいると、渋井は西洋銃を入手できる道筋探しに躍起になっていた。

えぞ地との交易に携わる商人ならばこそ、彼の地での抜け荷の噂や評判を耳にする機会もあるのではと、渋井は考えた。

一方で、殺害された宮島と同役であった高嶋数好の話を、是非にも聞きたかった。宮島がえぞ地で誰ぞの恨みを受ける出来事があったのなら、同役だった高嶋が知っている見こみがあった。

渋井は北町奉行・榊原主計頭《さかきばらかずえのかみ》に申し入れ、慣例通り高嶋数好への訊きとりの内容をしたためた書状を差し出していた。

慣例に従えば、身分の低い町方役人が隠居の身であれ身分の高い旗本の屋敷へ直々《じきじき》に訊きとりのために訪ねるなど、もってのほかのふる舞いである。

ところが、支配役の御老中方が宮島泰之進殺害の一件をよほどの一大事と見なしたのか、急遽《きゆうきよ》、高嶋数好への直々の訊きとりが許されたのだった。

その日、芝《しば》に長屋門をかまえる高嶋家を手先の助弥を従えて訪ねた渋井は、助弥を玄関先に待たせてひとり邸内の書院に導かれ、隠居の高嶋数好にお目通りが許されたのだった。

「まず、そのような不逞《ふてい》の浪人どもの一味や集団を抜け荷の国禁を犯した廉《かど》で捕らえた、大捕物があったと言えるほどのことは、わたしの当番のときはなかったし、宮島どののときもなかったはずでござる。そのようなことがあれば、必ず役場において報告がなされ、記録に残されますのでな。さよう、差し口は様々にありましたが、抜け荷については、アイヌのからみがあって、簡単には言えぬのです」

高嶋は小首をかしげ、神妙な顔つきになった。

「アイヌはアイヌで遠い昔より彼の地で交易をし、和人はそのアイヌと交易をする。アイヌとの交易場所に設けた会所には幕吏が詰めておるものの、すべての交易が場所で行われるとは限らぬ。請負人がアイヌの村に直に出かけねばならぬ場合もござる。その気になれば、会所を通さず直にアイヌの村へ向かおうと思えば向かえますからな」

そう言って、小さくうなった。

「何しろ請負人は、幕府の直捌が始まる前からアイヌとの交易を行ってきたのでござる。そのアイヌの村にロシア人が頻繁《ひんぱん》に現われていたとしても、なんら不思議ではない。さらに和人とロシア人とが会所に詰めておる幕吏の目を盗み、交易を始めたとしても同じでござる。とり締まりようがない。それらをとり締まるのは、えぞ地のすべてのアイヌの村に幕吏をおかなければできぬことだ」

「そりゃあ、無理な話でございますねえ」

渋井は相槌《あいづち》を打った。

「さよう。無理だ。つまり彼の地では、抜け荷が行われていたとしても、すべてに目を光らせておくことなどできないのでござる。奉行所の監視の目は、大よそのところまで届けば、それでよしとしなければならぬ。異国との抜け荷が国禁を犯すという分《ふん》別《べつ》が、江戸と彼の地ではまるで違う」

「ごもっともごもっとも。郷《ごう》に入っては郷に従う、でございますよ」

「不逞の浪人どもが徒党を組んで、抜け荷を働いていたかもしれぬが、わたしは知らぬ。むろん知っておれば即座に捕縛し、厳罰に処したのは言うまでもござらん。おそらく、宮島どのも同じだったはず」

高嶋はそう言って、口をへの字に結んだ。

「ということは……」

渋井は首をひねった。

「宮島さまを殺めた一味は、抜け荷の国禁を犯した不逞の浪人どもではないとお考えでございますか」

「ないとは言わぬが、かつての奉行所の厳しいとり締まりに遺恨を持って、というのは考えにくい。第一、抜け荷ではあっても商いでござるからな。商いには元手が必要だし、抜け荷で手に入れた交易品を売り捌《さば》く手だてができなければならぬ。えぞ地に入ってきた食いつめ浪人どもがどれだけ寄り集まったとて、そのようなことができるわけがない。できるとすれば……」

高嶋は束の間考えた。

「江戸や上方の豪商が、幕府の会所を通した直捌や従来のままの請負制が行われていた西えぞでの交易の裏で、浪人どもを指図し手足のごとく使って抜け荷を働いていた、というのなら考えられる。が、数人の浪人どもを用心棒に雇うのではなく、十数人、もっと多くの浪人どもを集めた抜け荷となれば、相当な規模でござろう。それほどの規模なら、奉行所になんらかの噂や評判が入ってこないはずがござらん」

「なるほど。そういう抜け荷の一味は考えにくいわけでございますね」

今度は渋井が小首をかしげ、渋面をいっそう渋くさせた。

「諸藩、例えば国替えになった松前家とかが、昔とった杵柄《きねづか》でロシアとの抜け荷をお奉行所の目を盗んでやっていたとか、あるいは、お奉行所や会所のお役人の中で権限を隠れ蓑《みの》に……」

言いかけた渋井を高嶋が睨《にら》んだ。

「馬鹿な。松前奉行所に不正があったとでも言われるのか。あんた方町方とは違う。みな国の北限の守りを真剣に考えていた者ばかりでござる。もしそういうことがあって、わたしがそれを知っていたとしたら、すなわち、わたしが不正に加担していたということでござろう。ならばそれを今ここで、渋井どのに話すわけがござるまい」

傍《かたわ》らの大久保が、わざとらしい咳払《せきばら》いを書院に響かせた。

はああ――と、渋井は平身低頭した。

「わきまえなくご無礼を申しました。何とぞ平に、平にご容赦《ようしゃ》を……」

「よい。気にされるな。渋井どのの役目柄、あれこれ疑いを持たれるのはわかる。わたしの申しておるのは、宮島どのを襲った賊が抜け荷の国禁を犯しているなら、元々身の危険は承知のうえでござろう。命と欲を秤《はかり》にかけ、欲を選んだ強欲者。身の危険を冒してでも抜け荷に手を染めるほど欲に目がくらんだ者が、えぞの恨み、などと欲とかけ離れた心がけになるとは思えぬということでござる」

「た、確かに、よくよく考えてみれば、さようでございますよね。ふむふむ……」

渋井は低頭のまま、首を右や左にかしげながら言った。

「さすれば、高嶋さま。宮島さまが松前奉行御用方のお役目中に、どなたかのひどい恨みを買われるような出来事に、お心あたりがございませんでしょうか」

「宮島どのは生真面目な、お役目ひと筋のお方でござった。わたし自身、宮島どののお役目大事と自らを厳しく律しておられるふる舞いに感服いたし、見習わねばならぬと思っておったくらいでござる。誰からも敬《うやま》われこそすれ、恨みを買うなど考えられませんが……」

しかし、そこで高嶋はなぜか言いよどんだ。

渋井は、うん？ と首を上げた。

「宮島どのが生真面目すぎるゆえ、お勤めぶりに少々融通《ゆうずう》の利《き》かぬ対応をなされる場合があった、ということはございましたかな。しいて申せば……」

「ほおほお、さようで。融通の利かぬ対応と申しますと、奉行所の雇い人や交易の商人、あるいはアイヌへの対応が厳しすぎたとかでございますか」

「それもある。宮島どのは規律に厳格なお方でござった」

高嶋は言いにくそうだった。

「渋井どのは、八王子千人同心のえぞ地入植の施策をご存じか。もう二十二、三年前のことになりますな。寛政十一年に東えぞを幕府の仮直轄地とした翌年の寛政十二年（一八〇〇年）でござった。それ以前に交易を求めてえぞに現われていたロシアへの備えと、えぞ地開拓を目指した入植でござる」

ああ、あれか——と渋井は思い出した。

渋井がまだ二十歳《はたち》にもならぬ北町奉行所の見習のときだった。

半武士半農民の甲斐口《かいぐち》の備えについている八王子千人同心が北の守りを固め、同時にえぞ地の未開の広大な大地を開拓するという方策で、江戸市中でもだいぶ評判になった。

「はあ。確か、八王子千人同心がえぞ地の守りと開拓に乗り出すのはお上《かみ》の理にかなった方策だと、思った覚えがございます」

「では、えぞ地に入植をした八王子千人同心のその後についてはいかがでござる」

「はて。それ以後について、詳しくは存じません。なんでも今は、八王子千人同心のえぞ地入植の施策はすでにおとりやめになっておるのではございませんでしょうか」

「正確に申せば、おとりやめになったのではなく、入植は潰えたのでござる。厳しい気候風土への備えができておらず、消滅したのでござる」

ふうむ、と高嶋は大きな鼻息をもらし、天井を仰《あお》ぎ見、それから渋井へ向きなおった。

「飢え、凍死、病死、大勢犠牲者が出ましてな。生き残った者とても暮らしてはゆけず、次々と入植地を捨て、報告でしか経緯は把握しておりませんが、最後に残った白糠の入植地が潰えたのは文化六年の冬でござった」

文化六年？　それにしても遠い昔の話だ。それがどうしたのだ？

「じつは不覚にも、宮島どのもわたし自身も、八王子千人同心の入植はとうに終わっていると思っていた。入植地経営は上手くいかなかった。半武士半農民で甲斐口の備えについている八王子千人同心ならば北の守りと開拓が同時にでき、上手い策ではないかと安易に考え推し進めた。えぞ地の気候風土の厳しさをよく調べもせず、多少のことはどうにかなると、まったくずさんな話だ」

「入植が上手くいかず、終わったと見られていたのはいつごろでございますか」

「えぞ奉行が箱館奉行に名を改め、享和から文化になるころでござった。そう、入植者を率いる千人同心頭の原半左衛門という人物が入植地を捨てて箱館奉行所の調役に就き、配下の入植者らも地役雇いになっていたので、わたしも宮島どのも、八王子千人同心の入植は失敗に終わったと思っていた」

「はあ、なるほど。存じませんでした」

「隠していたわけではないが、八王子千人同心の入植について口にするのをはばかる気分がみなにあったのでな。知らぬのは当然でござる」

「原さまは、今はどちらに？」

「文化四年に箱館奉行が松前奉行に移ったのちだったと思うが、調役を辞されて八王子へ戻られたと思う。何しろ原どのは、五十をすぎてからのえぞ地入植でござった。相応の歳で身を退かれたのだと思うし、わたし自身、八王子千人同心の入植には関心を失っておったので、気にかけていなかった……」

「それが、文化六年の冬までは、全部の入植地が終わったのではなく、白糠には一部の方々が残っていたのでございますね」

「そういうことになる。文化六年は、宮島どのがあの方面の御用方の当番でござった。その年の冬は殊《こと》のほか厳しくてな。冬のさ中でござった。白糠の入植地の頭だった安宅猪史郎という男が、厚岸会所に助けを求めてきたのでござる。飢えと寒さで仲間が次々と倒れている。このままでは冬を越す前に全滅する。何とぞ食料を、とだ」

高嶋はうなり、言いよどんだ。

「吉岡栄太郎という調役が厚岸会所に詰めていた。吉岡は杓子定規な男だった。奉行所の許しがなければお上の食料を分け与えることはできぬ。今さら飢えだの全滅だのと言うても、入植地に残ると決めたのはそちらの判断だろう、そちらの判断の尻《しり》ぬぐいをお上に廻されても困る、とな」

「そりゃまた、つれない対応で」

「それでは至急、松前の奉行所の許しを得てほしいと、安宅は雪の中で土下座までして懇願した。それを吉岡は杓子定規に突っぱねた。その折りの様子は、吉岡が殺害されたのちの会所の使用人らから訊きとってわかったことでござる。奉行所の返事がひと月かかって文化六年の末になった。それでも、食料の支援を許しておれば吉岡の一件は起こらなかったかもしれぬ、と宮島どのは悔やんでおられた」

「ぶ、奉行所は、宮島さまは、入植者らをお助けにならなかったのでございますか」

「宮島どのひとりのせいではない。わたしもそうだった。だいたい、入植地がまだ一部残っていたことすら知らなかったのだ。それに奉行所はロシアへの防備に意をそそぎ、入植地に思いを廻《めぐ》らす余裕がなかった。彼の者らの窮状《きゅうじょう》を深刻には思っていなかった。いかがいたしますかという吉岡の通り一遍の問い合わせに、根室釧路方面の宮島どのは、春になってから今後の相談をいたそう、と答えたのみだったらしい」

身分の高いやつらはどいつもこいつも同じなんだな、と北町奉行の榊原主計頭の偉そうな不機嫌面《づら》を思い浮かべ、渋井は苛《いら》だちを覚えた。

「その年の暮れのある夜、吉岡が何者かに殺害された。吉岡はな、斬られたのではなく銃で射貫かれていた。額をでござる」

「え？　銃で額を、でございますか」

高嶋は、こくり、と大きく頷いた。

「八王子千人同心の入植者は火縄銃を備えておる。一件が起こったあと、頭の安宅猪史郎が吉岡の対応を恨んで撃った、という噂が厚岸で流れた。安宅の懸命な懇願を吉岡がつれなくあしらったのを、会所に詰めていた者はみな見ていたのでな。そういう噂がたっても不思議ではなかった。厚岸では、入植地の悲惨な有り様は知られていたし、安宅らに同情する声も上がっていたのでござる」

渋井は生唾《なまつば》を呑《の》みこんだ。

「一件を見た者も証拠もない。しかし、吉岡に遺恨を持つ者がいるとすれば、入植地の者らしか考えられなかった。頭の安宅を捕らえて厳しく問い質《ただ》さねば、ということになった。だが、それからしばらく吹雪《ふぶき》が吹き荒れて、捕縛に向かうことができなかったのでござる。えぞの吹雪の中を、入植地までゆくことなどとてもできないのでな」

そこで高嶋は茶を一服した。

「幕吏が入植地に踏みこんだのは、年が明けた文化七年の春の初めでござった。ところが、入植地には人の姿はすっかり跡絶《とだ》えておったのでござる」

「疑いがかかっているのを知り、逃亡を図ったということでございますか」

「というより、入植を続けられず土地を捨てたと思われた。半月ほど前には人がおったはずだが、あばら家同然の建物が十棟ほどと馬小屋。そう、それと入植地から少し離れた荒れ地に十幾つかの墓が残されていたばかりで、人が暮らしていたとも思えぬ廃墟《はいきょ》のような有り様だったそうでござる」

「廃墟に十幾つかの墓……半月ぐらい前はまだ人が暮らしていたのに。ふうむ、わずかな日数で廃墟のようになってしまうというのは、北の果てのえぞ地の気候風土が、それほど厳しいということなのでございましょうか」

「そうかもな……」

高嶋はすぐに言葉をきり、それ以上は言いにくそうに顔を歪めた。

「あとでわかったことだが、入植地の者らは入植地を捨ててからアイヌの村に身を寄せ、全滅をまぬがれたらしい。二十一名が残っていたそうだ。春になってからアイヌの村を去った。去った先はわからぬ。松前奉行所より文化七年の春に、一応、八王子の千人同心には問い合わせたが、むろん、安宅らは八王子へ戻ってはいなかった」

「では今も、安宅らは追われる身でございますか」

「そうなる。だが、そこで調べは打ちきった。先ほども申したように、八王子千人同心のえぞ地入植の始末は話題にするのをはばかる気分が奉行所にも、御公儀にもあって、起こってしまったことはもう仕方がないという、そんな配慮でござる」

馬鹿な、と口に出そうになるのを渋井は抑え、喉《のど》を鳴らした。

しかし、渋井はざわざわとした胸騒ぎを覚えた。

そう言えば、周りをとり囲んだ賊は「槍《やり》のような得物を手にしていた者」とか、居合わせた中間が言っていたことを思い出した。

八王子千人同心と言えば、一間《けん》（約一・八メートル）ばかりの短い同心槍が特徴である。

「それでは、宮島さまの一件は、安宅ら八王子千人同心のえぞ地入植者の生き残りが怪しいと、お疑いなのでございますか」

渋井が訊くと、高嶋は「しいて申せばだ」と、ひそとした声をかえした。

「まさかとは思う。吉岡殺害は、もう十三年前でござる。忘れておった。ただ先だって宮島どのが銃で撃たれたと聞いたとき、吉岡殺害の一件が、十三年も前のことが、思い浮かんだ。宮島どのが何者かに鉄砲で撃たれ殺害された。十三年前の吉岡と同じだな、と。それだけでござる。それだけで……」

傍らの用人の大久保が「殿、お加減が」と高嶋を気遣った。

三

芝の高嶋の屋敷を出て、渋井と助弥が次に向かった先は、本材木町《ほんざいもく》の材木問屋・檜《ひのき》屋源十郎《げんじゅうろう》の大店《おおだな》だった。

檜屋の主人・源十郎は本材木町の材木問屋仲間行事役の頭取で、仲間の中では最長老の材木商だった。

えぞ地にはえぞ檜と呼ばれるえぞ松の原生林がまだまだ手つかずのまま多く残されており、檜山よりきり出される大量の木材が、東廻り航路や西廻り航路によって江戸や大坂へ運ばれ、莫大《ばくだい》な富を材木商にもたらしていた。

そのえぞ檜を、七、八十年以前より江戸の建築材の需要の高まりにともない、本材木町の材木問屋は盛んに仕入れていた。

宮島の一件の訊きこみはさしたる進展もなかったが、ひとつ、十年ほど前の文化九年ごろ、本材木町の材木商がえぞ地での抜け荷の罪を問われ、裁断の結果、江戸追放になった事情が何人かの商人から出た。商人らは、

「あのときは驚きました。お店はおとり潰《つぶ》しになり……」

などと、その件を思い出して話すほどのことだった。

渋井は「ああ、そんな一件があったな」と、ぼんやりと覚えてはいた。

抜け荷の場を幕吏が押さえ大捕物があったとかではなく、材木商に抜け荷の国禁を犯した疑いがあるという御老中よりの指図で、町方が掛の始末だった。

当時は、強欲な商人が抜け荷で旨《うま》い汁を吸っていやがったのかいとか、えぞあたりじゃ抜け荷のとり締まりもむつかしそうだ、と思ったぐらいで、掛が南町ということもあり、大して気に留めていなかった。

念のため奉行所の例繰方《れいくりかた》詰所で調べると、商人の名は竹村屋雁右衛門。当時、本材木町の五丁目に堂々とした大店をかまえ、楓《もみじ》川の蔵地に土手蔵を並べ、お店は自前の千石積の船を持ち、えぞ地との木材交易により一代で竹村屋を築き上げた豪商だった。

本材木町五丁目材木商・竹村屋雁右衛門につき抜け荷の嫌疑有之候《これありそうろう》……と、御仕置済帳にはごく簡単に裁断の結果が記されているのみだった。

一件は十年ほど前にすでに落着しており、文化九年の春、竹村屋の闕所《けつしよ》の裁断がくだされている。雁右衛門は捕らえられ、その年の秋、雁右衛門の江戸追放と竹村屋の闕所の裁断がくだされている。雁右衛門の生国は安房勝山《あわかつやま》。歳は文化九年に五十一歳。生きていれば今年六十一歳になる。

檜屋源十郎を訪ね、同じ材木問屋仲間だった竹村屋雁右衛門の話を聞くことにしたのは、詳しい裁断の始末が記されていないがゆえに、だめで元々、というほどの心積もりだった。

しかし、手先の助弥を従え新橋《しんばし》、京橋とこえ、日本橋《にほん》への賑《にぎ》やかな大通りをゆきながら、渋井の胸のざわめきは収まっていなかった。

高嶋数好から聞かされた八王子千人同心のえぞ地入植の顚末が、頭から離れなかったのである。

「八王子の千人同心か。こいつあ、放っておくわけにはいかねえぞ……」

追ってみるか――と、渋井は不景気面をいっそう渋くさせていた。

「旦那、本材木町の一丁目はこっちですぜ」

助弥に後ろから声をかけられるまで、渋井は夥《おびただ》しい人の渡る日本橋が見えるところまできていることに気づかなかった。

檜屋の店は大通りを日本橋の見える南詰から東へ折れた、楓川沿いの本材木町の一丁目にある。

渋井と助弥が通された客座敷は、陶《とう》の火鉢の炭火に暖められ、漆《うるし》塗りの桟《さん》の腰障子やふすま絵、欄間《らんま》の彫飾りなど、豪勢な材木商の暮らしぶりがうかがえた。

店表の方から、男衆《おとこし》らの威勢のいい声が客座敷にまで絶えず聞こえてきた。

ほどなく現われた主人の源十郎は、小柄だが日に焼けた六十すぎの面がまえに、木《き》場《ば》の荒っぽい男衆らを束ねる貫禄《かんろく》が備わっていた。

腰元が出した香りのいい茶と高価そうな菓子を、「どうぞ……」と勧めてから、若き日を懐《なつ》かしむかのようにきり出した。

「竹村屋の雁右衛門という男は、商人としての才覚にあふれておりましたし、肝《きも》っ玉も据わっておりました。決して男前ではありませんが、いい身体つきをしており、商人というより、荒海に乗り出す船乗りが似合う男でございました」

「安房勝山の生まれだな。竹村屋は、雁右衛門が一代で築いたお店なのかい」

渋井は竹村屋雁右衛門の始まりを訊ねた。

「さようでございます。あの男は若いころは、えぞと江戸を結ぶ東廻り航路の水夫《かこ》でございましてね。才覚があったもんですから、吉井《よしい》屋の手代に引き抜かれ、材木商の道を歩み始めたのでございます。わずかなときをへて、主人に代わって材木の仕入れを任され、東廻りの千石船に自ら乗りこみえぞへ渡り、尻別《しりべつ》、沙流《さる》、釧路、石狩《いしかり》、夕《ゆう》張《ばり》と次々に檜山を開き、大した勢いでございました」

「吉井屋から暖簾《のれん》分けをし、竹村屋を開いたんだな」

「暖簾分けは表向きでございました。雁右衛門が先走って商いを進めるもので、お店に儲けはもたらしても主人は雁右衛門の独断が面白くない。主人とだんだん反《そ》りが合わなくなり、少々ごたごたして、結局、暖簾分けという形で収まったんでございます。雁右衛門がまだ二十代のときでございました。てまえどもと雁右衛門のつき合いが始まりましたのも、そのころでございます」

「檜屋さんは、雁右衛門がえぞ交易の裏で抜け荷を働いていた兆候なり、あるいは噂のようなものは知らなかったのかい」

「そのような兆候や噂はまったくございませんでした。てまえども材木商には思いもよらぬことでございます。確かに抜け荷は、上手くいけば巨万の儲けを生むかもしれませんが、国禁を破る危険を冒してまで抜け荷を働く意味がございません」

「意味がない？」

「ございません。てまえにはそう思えてなりません。えぞの檜山はまだまだ手つかずでございます。例えば江差の檜山の木材をすべて伐《き》りだしても、次は小樽《おたる》、その次は留萌、天塩《てしお》と檜山を開き、西廻りで大坂、東廻りで江戸へ運べば、飛ぶように売れるのでございます。安全に確実に儲かる手だてがあるのに、何ゆえ不確実で危険な抜け荷に手を出す必要がございましょう」

「材木問屋の商いだけで、竹村屋は十分やっていけたんだな？」

源十郎は、日焼けした顔をしかめた。

「雁右衛門はひと船ごとに元手のみならず、己の命まで賭けて商いに邁進《まいしん》する意気ごみの男でございましたから、勢いに乗れば手がつけられません。木材を満載した千石船で江戸へ戻ってくると、使用人に細かく指図をしてすぐにまたえぞへ旅だつというあわただしさで、一年の半分はえぞ地で暮らしておったと思います」

「一年の半分をえぞでか」

「はい。竹村屋が大店にならないはずがございません。てまえどもは三代続く材木商でございます。ですが、雁右衛門は三十代の半ばをすぎたころには、てまえどもの店と肩を並べる材木商に竹村屋を築き上げておりました」

　源十郎はぎゅっと唇を結び、少しの間、自分の言葉を確かめた。

「雁右衛門はてまえよりひとつ下で、稀《まれ》に寄り合いで一緒になったときなど、商いの話をよくいたしました。竹村屋も大店になったのだし、肩の力を抜いて商いをしたらどうだ、病に倒れたらどうする、とよけいなことを諭《さと》しますと、自分は商いが面白くて仕方がない、えぞ地は宝の眠る大地だ、えぞ交易をもっともっと大きくし手を広げたいのだ、と童子のように目を輝かせて申しておりました」

「えぞ交易を大きくし手を広げたいという大望が、抜け荷にまで手を出させたと？」

「さあそれは。てまえはそうではなかったと、思うのですが」

　渋井は竹村屋雁右衛門という男に、関心をそそられた。

「雁右衛門に女房と子供は、当然、いたんだろう?」

「はあ、嫁はおりました……」

「雁右衛門と共に、女房も江戸を離れたってえわけだな」

源十郎は言葉を濁《にご》し、明確に応えなかった。

「雁右衛門は変わった男でございました。商い以外に関心がなかったゆえか、嫁を世話する話があってもその気を示さず、四十代の半ばまで独り身を通しておりました。お露という十八の娘を嫁に迎えたのが四十六のときでございました」

「四十六に十八? 若い嫁だな」

「じつは、この嫁の素性《すじよう》が、わたしども材木商の寄り合いのさいに何かととり沙汰されたのでございます」

「どういう素性の嫁だ」

「ひと目見ればわかるのでございますが、お露という嫁は明らかに異国の血がまじっておりました。目の色がてまえどものような黒ではなく、ほんのりと青みがかった透《す》き通った色をしておりまして、てまえどもの間ではあの嫁は赤えぞの血がまじってお る、と評判になっておりました。雪の肌にほのかに青い目が光って、妖《あや》しいほどに、不気味なほどに美しい嫁でございました」

「赤えぞ？　ロシア人だな」

「はい。雁右衛門がお露を引きとり自分の娘のように育て始めたとき、お露はまだ十歳ぐらいの童女でございました。お露を引きとった経緯を雁右衛門は誰にも話しておりません。てまえども同じ材木商仲間にも、むろん使用人にもでございます。ともかく、えぞ地のどこかから連れてきたのだけは間違いなく、雁右衛門のお露の慈《いつく》しみようは大変なものでございました」

「言葉は」

「片親が和人らしく、それはもうごくあたり前に」

「そんな娘がこの界隈《かいわい》にいたのかい。知らなかったぜ。雁右衛門は、十歳の童女を深窓に閉じこめ人の目に触れさせず、宝物のように慈しんで育てたってわけだな」

「さようでございますね。確かに、あまり外には出さないようにしていたかもしれません。ですが、一度だけ、てまえどもの店にもお露をともなってまいったことがございます。家の者が何やかやとお露に話しかけて素性を訊き出そうとすると、雁右衛門は笑って、えぞの穢《けが》れなき雪の中から生まれてきたのでございます、と傍らからはぐらかしておりました」

「ふん……二人が夫婦《めおと》の盃《さかずき》を交《か》わしたのはいつだい」

「文化四年の、えぞ地がすべて御公儀の直轄となり奉行所が松前に移された年の末に、仲間の親しい者だけを招いて披露が行われ、てまえどもも祝いに出かけました。披露の席で雁右衛門に並んだお露の美しさときたら、言葉につくせず、息を呑むほどでございました」

と、源十郎は続けた。

「夫婦仲はどうだった」

「それはそれは、とても睦《むつ》まじゅうございました。夫婦の盃を交わしてからは、雁右衛門のそれまでの我武者羅《がむしゃら》な商いぶりが控えるふうに見え、自らがえぞ地に乗りこんで、という機会はめっきり少なくなったようでございました。若く美しい恋女房と離れがたかったのかもしれませんし、ひとつには、えぞ地が東西北ともすべて御公儀の直轄となり、商いがむつかしくなったとも申しておりましたし……」

「そうなのかい」

「確かに、東えぞが直捌になって御公儀の監視の目が厳しくなりはいたしましたが、あたり前に商いをいたしておれば、えぞ交易が殊さらにむつかしくなったとも、てまえには思えませんでしたけれど」

もしかすると抜け荷がむつかしくなったという事情か、と渋井は気を廻した。

「雁右衛門が抜け荷に手を染めた経緯を、檜屋さんの推量でいいから聞かせてもらえないかい。今思えば、もしやあれが、と思いあたることはないかい」

源十郎は「ふうむ……」とうめいた。

「雁右衛門がお上のお縄を受けたのは、そう、文化九年の春でございました。問屋仲間の間では、雁右衛門が抜け荷に手を染めていたことと赤えぞの血を引くお露を竹村屋に引きとったことと、きっと人に語れぬかかわりがあるに違いあるまいと言いたてる者もおりました。しかし、先ほど申しましたように、雁右衛門が抜け荷を働いていた兆候があったとか、あるいは噂を聞いたということはございません」

「雁右衛門は文化九年の秋に江戸追放の裁断を受けている。裁断が出るまでずいぶん待たされたようだが、雁右衛門は女房のお露と一緒に、文化九年の秋に江戸を離れたってえわけだな」

「それがで、ございますね……」

源十郎が、日焼けした顔にわずかな不審を浮かべた。

「女房のお露は、江戸を離れておりません」

「どういうことだい。お露の身に何かあったのかい」

「どう申せばよろしいのでしょうか。おそらく雁右衛門は、可愛《かわい》がっていた若い女房が自分の罪の巻き添えを受ける事態を恐れたのでございましょう。お縄を受ける前に、あるお大名のお屋敷へ奥女中に上がらせたのでございます」

「抜け荷の疑いで捕縛された商人の女房を、お大名の奥女中に？　そんなやり方をお大名が許したのか。どちらのお大名だ」

渋井は思わず身を乗り出した。

「寛政の御改革の折り、御老中首座の松平定信《まつだいらさだのぶ》さまの御盟友として御老中職に就かれ、松平さま転免後も御老中職にとどまられ、改革を中心になって進められました奥平純明《すみあき》さまの奥平家でございます」

「ええ？　寛政の御改革と言やあ、始まったのはおれがまだ五つ六つの餓鬼《がき》だったころだ。それでもあのころ、きれ者の奥平さまと聞いた覚えが残っているぜ。あの奥平純明さまかい」

「さようでございます。今は家督をお譲りになられ、ご隠居の身でございます」

奥平純明は武州《ぶしゅう》の一万三千石の小藩の大名だが、俊英の誉《ほま》れ高く、松平定信を助けて寛政の御改革を推し進め、享和三年まで御老中職を務めたと、渋井は覚えている。

その後、えぞ地のロシア人の侵入と狼藉が頻繁に伝えられ、えぞ地の防備が不安視されていた文化三年に、再び御老中職に就いた、ともうろ覚えに覚えている。

奥平純明が御老中職を退き、家督をも譲って奥平家の当主を退き、ご隠居さまの身になったのは文化十四年（一八一七年）だった、と渋井は思い出した。

店表の方より、男衆のざわめきがまた聞こえてきた。

渋井がぼうっとしているので、助弥が後ろで咳払いをひとつした。

「けど、奥平家と雁右衛門はどういうつながりだったんだ？」

「雁右衛門が最初に手代として働いておりました材木商の吉井屋は、先代が武州の奥平家の領国が生まれでございました。同じ領国の商人ということで、先代よりお屋敷の御用達《ごようたし》の商人にとりたてられておりました。雁右衛門は吉井屋の手代として働き始めてより奥平家の上屋敷にお出入りを始め、どうやらそのころ、奥平家御当主の純明さまに才気煥発《かんぱつ》な商人と認められ、可愛がられていたようでございます」

「才気煥発が抜け荷まで才気がほとばしりゃあ、奥平家もとんだ迷惑だ。ましてや寛政の御改革の御老中ときた」

渋井が渋面をいっそう渋くして言い、源十郎は唇をへの字に結んで低い笑い声をもらした。

「雁右衛門が吉井屋の暖簾分けという形で竹村屋をかまえ数年がたったころから、吉井屋は船の海難や跡取りのごたごたやらなんやかやで、商いが上手くゆかなくなっておりました。一方、雁右衛門の竹村屋は飛ぶ鳥を落とす勢いで、雁右衛門が昔の主家に恩をかえす名目で吉井屋を居抜きで買いとり、竹村屋は本材木町の材木問屋の大店への道を名実ともに踏み出したわけでございます」

「そこで奥平家の御用達も、竹村屋雁右衛門が引き継いだってわけかい」

「はい。純明さまのご意向もだいぶ働いたのではございませんでしょうか。純明さまは商人としての雁右衛門を高く買っておられたのでございます。また、わずか一万三千石のお大名の御老中役で、やり繰りが大変だった奥平家のお台所をお助けし、雁右衛門がその点においても奥平家とかかわりを深めておりましたのは、てまえどもの間では評判でございました」

「お大名家御用達の商人が、お大名家に金を用だてるのは珍しい話じゃねえしな」

「そういうことでございます」

「すると、雁右衛門が抜け荷の罪で捕縛されたとき、奥平家の純明さまが、せめて雁右衛門の女房を救うために奥女中に上がるのをお許しになったってえわけか」

「おそらく、そういう事情でございましょう。また、雁右衛門が国禁を破る大罪を犯しながら、死罪にならず江戸追放ですんだのも、純明さまの陰のご助力が大いに働いたゆえと、うかがっております」

「若い恋女房は、亭主と共に江戸を離れなかったんだな」

源十郎は深く、ひとつ、頷いた。

「罪を受け江戸追放になった亭主に操《みさお》をたてて路頭に迷うよりは、お大名屋敷の奥女中でお仕えしている方が、いいに決まっておりますからねえ」

「それから十年だ。そのお露って女房は、今も奥平家の奥に仕えているのかい」

「と申しますか、純明さまの御側室となられ、駒込の奥平家の下屋敷でお暮らしのはずでございますよ。まあ、てまえどもでさえぞっとするほどの、飛びきりの美しい女房でございます。奥女中に上がったからには、純明さまのお手がつくのも無理からぬ成りゆきでございましょう」

渋井は言葉がなく、ただ八文字眉の間の皺《しわ》を深くした。

「雁右衛門は、仕方がないと諦めざるを得なかったのでございませんかね。何しろ、相手はお大名のお殿さま。雁右衛門は咎人《とがにん》。追放になったその年の冬には、純明さまの若君さまがお生まれになっておりますから」

「なるほど。本人が意図してそうなったかどうかはわからねえが、結果として、べっぴんの若い女房を天下の元御老中さまの御側室に差し出して、せめて、てめえの首だけはつながったってえことか。やり手の商人らしい始末のつけ方かもしれねえな」

渋井は苦みを噛み締めた。

「雁右衛門はまだ存命かい」

「さあ、てまえは存じません。生きておればてまえよりひとつ下の六十一。一代で築き上げた大店の竹村屋を一代で潰したのでございます。本人は案外、これで本望、愉快愉快と、満足しておるかもしれません」

あははは……と、そこで源十郎は客座敷に伸びやかな笑い声を響かせた。

渋井は源十郎の笑い声に合わせ、ふふ、ふふ……と苦笑をこぼした。

店表から男衆の声にまじって、通りを荷車が行き交う音が聞こえている。

四

渋井と助弥が本材木町一丁目の檜屋を出たとき、冬の日が早くも西にだいぶ傾いていた。渋井は助弥へふりかえり、

「助弥、おれはこれから奉行所に戻って今日の報告をすまさなきゃあならねえ。報告がすんだら《喜楽亭》へ寄る」

と、赤くなった日差しの下で言った。

へえ――と助弥が答えた。

「おめえは下っ引《したぴき》の蓮蔵《れんぞう》を喜楽亭へ連れてきてくれ。おれがまだいなきゃあ、先に呑んでろ。蓮蔵にちょいと頼みてえことがある」

「蓮蔵に？　けど旦那《だんな》、ちょいとならあっしがやりやすぜ」

「そうじゃねえ。蓮蔵にちょいと遠出を頼みてえんだ。三泊か四泊はかかる旅になると思う。おめえにいかれちゃあ困る」

「三泊か四泊。けっこう遠出でやすね。場所は？」

「八王子だ。八王子で調べてもらいてえことができた。詳しい事情は喜楽亭で話す。頼んだぜ」

「承知しやした」

渋井よりひょろりと背の高い助弥が、素早く踵《きびす》をかえし楓川に架かる海賊《かいぞく》橋の方へ駆け出した。

なんにしても、竹村屋雁右衛門の抜け荷の件はこんなもんだな、と渋井は八王子千人同心の方へ考えをきり替えつつ、丸めた猫背をいっそう丸め、呉服《ごふく》橋へ通りをとった。

奉行所で報告をすませたあと、何やかやと雑用が重なり、奉行所を出て夜の帳《とばり》が下りた北新堀《きたしんぼり》の道をゆくとき、本石町《ほんごく》の時の鐘が夕六ッ（午後六時）を報《しら》せた。

永代橋《えいたい》を渡り、大川端《おおかわ》の佐賀町《さが》を油堀《あぶらぼり》の堤道へ折れると、喜楽亭の油障子に映るうらぶれた明かりが油堀の水面《みなも》にぬめっていた。

日が暮れて、冬の夜は急に冷えこみ始めた。

縄暖簾をわけ、《飯酒処　喜楽亭》と記した腰高障子を、ごとごと、と鳴らすと、醤油樽《しょうゆだる》に長板を渡した卓のひとつに、柳町の蘭医・柳井宗秀がひとりで酒を呑んでいた。

徳利《とっくり》の熱燗《あつかん》が湯気をゆらしている。

「おお、鬼しぶの旦那、やっと現われたか」

宗秀が盃の手を止め、にんまりとした。

「先生、今夜はひとりかい」

渋井は普段は宗秀を《先生》と呼ぶが、酒に酔ってくると《おらんだ》と呼んだりすることがある。

「からかうな。いつもひとりだ。助弥はどうした」

「まだきてねえか。もうすぐくるだろう」

渋井は後ろ手で表戸を閉め、長板を渡した卓が二台並び、客が十二、三人も入れば満席の小さな一膳飯屋・喜楽亭のしけた土間をひと睨みした。

板場との仕きりの、亭主が気が向けば肴を盛る大皿を並べた棚の奥から痩せ犬が、ととと……と現われ、渋井に低くひと声、「いらっしゃいやし」と吠《ほ》えた。

痩せ犬は尻尾《しっぽ》をふって、不細工《ぶさいく》な面でも愛嬌《あいきょう》がある。

今年の春、芝から深川の喜楽亭まで渋井のあとについてきて、喜楽亭の亭主に飯を食わせてもらった一宿一飯の恩義を感じてか、喜楽亭に居つき、無愛想《ぶあいそう》な亭主に代わって客に愛想《あいそ》をふりまいて廻っている。

ごま塩になった薄い髷《まげ》をちょこんと月代《さかやき》に載せた亭主が、盃と箸《はし》を載せた盆を持って、六十近い無愛想な無精髭《ぶしょうひげ》の面をいつも通りのぞかせた。

亭主は盃と箸を渋井の前に並べつつ何か言うが、たいてい「うう……」としか聞こえない。だから渋井は、

「ああ……」

とかえし、亭主はそれでわかったと板場に引っこむのである。

すると、いつもの徳利酒とぱりぱりした歯触りが心地《ここち》よい浅草海苔《のり》の炙《あぶ》ったのや、大根に筍《たけのこ》、人参《にんじん》、椎茸《しいたけ》に鯖《さば》のきり身などを入れた甘辛い煮物が出てくる。

徳利酒は冬なら燗がしてあり、冬以外はむろん冷《ひや》である。

それに香りのいい漬物でもあれば酒の肴は十分で、宗秀相手に御番所の愚痴《ぐち》や、お奉行の《榊原のおっさん》の間抜けぶりをこぼしながら呑む酒が、いい気分である。

酔っ払って八丁堀《はっちょうぼり》へ戻る途中、小腹が空《す》いたところに屋台の風鈴そばをすすり、そこで呑む一杯の茶碗酒も案外悪くない。

市兵衛がいればもっといい気分になれるのだが、市兵衛の野郎はまたどっかの仕事にありついたらしく、ここんとこ喜楽亭にはとんと顔を見せなかった。

まあ仕方がねえ。

渋井は腰の刀をはずし、宗秀の前に腰かけた。

「今、先生に利休卵《りきゅうたまご》を拵《こしら》えているんだが、おめえも食うか」

珍しく亭主が盃と箸を並べたあと、聞き慣れない料理の名を言った。

亭主は気まぐれに、一膳飯屋らしくない料理を拵えることがある。

「なんだい、その利休卵たあ」

「練《ね》った胡麻《ごま》に卵をほぐしてまぜ、酒と醤油とだし汁を加えて蒸《む》すんだ。ふわふわして、酒の肴に合うぞ。どうする」

「どうするもこうするも、そんな美味そうな肴がいらねえわけがねえだろう。あとで助弥と、たぶん連れがくる。そっちの分も用意しておいてやってくれ。とにかく、酒と浅草海苔を先に頼むぜ」

うう、と亭主は無愛想なうなり声を上げて板場に戻った。

瘦せ犬は渋井の傍らで、尻尾をふっている。

「鬼しぶ、ま、一杯やれ」

と、宗秀が渋井の盃に徳利酒をそそいだ。

「すまねえ。市兵衛の野郎、相変わらず顔を見せねえな」

渋井は宗秀の酌《しゃく》を受けながら言った。

「そうそう、市兵衛が夕刻、ここに顔を出したらしいぞ」

宗秀が渋井に酌をかえされながら、思い出して言った。

「え、市兵衛が顔を出した？　もう帰ったのかい」

「仕事だからと、顔だけ出してすぐ帰ったそうだ。なあ、おやじ」

渋井と宗秀は盃をそろってあおった。

「きたよ。勤め先から半日だけ暇《ひま》をもらって、着替えやら暮らしの物をとりに戻ったついでに寄ったんだと」

焼海苔の香ばしい匂いと一緒に、板場から亭主の声がかえってきた。

「市兵衛の勤め先は、どこだい」

「大名屋敷だ」

「大名屋敷……まさか仕官じゃあるめえな。どこの大名屋敷だい」

「ううんと、駒込のな、ううんと、駒込の……」

「駒込の、奥平家の下屋敷だそうだ。そうだろう、おやじ」

宗秀がおかしそうに言った。

「そうだそうだ。駒込の奥平家だ。なんでも、奥方さまやら若さまやら姫さまやらをお守りする務めだそうだ」

亭主の声が言った。

渋井が八文字眉の下のちぐはぐな目を、いっそうちぐはぐにした。

「下屋敷なら、たいてい、ご隠居の大殿さまだな。奥方さまなら上屋敷だと思うんだが、まあいいか」

宗秀が笑って、また渋井の盃に徳利を傾けた。

「市兵衛はなんか言っていたかい」

渋井は板場に声をかけた。

亭主が焼海苔の皿と徳利を盆に載せて、のさのさと板場より出てきた。

「暇ができたらまたくる。宗秀先生と渋井さんによろしく言っといてくれと、それだけだった。あんまりゆっくりしていられなさそうだったで」

亭主が徳利と焼海苔の皿をおいた。

「先生、熱いのをいこう」

「ふむ。鬼しぶ、奥平家が気になるのか」

「そう見えるかい」

「見えるよ。長いつき合いだからな。ちょいと目つきが変わった」

宗秀が言い、二人で目を合わせ、そろって軽く嗤いた。

「市兵衛とは妙に因縁《いんねん》があってよ。あいつの勤め先とおれの調べる相手が重なること
が多いんだ」

「奥平家か」

ふうん、と渋井が溜息のようなうなり声を上げた。

「昼間、訊きこみをした相手から奥平家の名が出た。ただの偶然で、名前が出ただけ
のことなんだが」

「その訊きこみは、先だっての宮島泰之進の一件か」

「まあそうだ」

渋井が盃をあおり、焼海苔をぱりぱりと鳴らした。

「西洋銃の出どころは、わかりそうかね」

「そっちは今のところさっぱりだ。先生が宮島の額からとり出した玉の調べもはっきりしねえままだし。ただな、先生が気にしていた玉の大きさは、火縄のものよりちょいと小せえらしい」

「玉が小さいか。ならやっぱり西洋銃の特徴だな。仕組みは知らぬが、火縄を使わぬ西洋銃は玉が小さいと聞いたことがあるのだ」

「ふうん、それでかい。ちゃんとわかったら知らせるぜ」

渋井が言い、宗秀が盃を舐《な》めた。

「ところで、奥平家といえば、先代の純明さまは寛政の御改革の御老中のひとりだな」

「さすが先生、知っているね」

「それぐらい、こいつだって知っているさ。なあ、居候《いそうろう》」

宗秀が痩せ犬へ顎《あご》をふった。

痩せ犬に名前はなかった。おいとか、てめえとか、野良公とか、そこら辺の有象無《うぞうむ》象《ぞう》の適当な呼び方だった。

「こいつに名前をつけてやらねえのかい」と客が訊くと、「名前をつけたらのちのち食いにくなっちまうだでな」と亭主は笑って応えるのだ。

それが近ごろ、なんとはなしにみなが《居候》と呼ぶようになった。

居候という名がついたからか、痩せ犬は「へい旦那」と尻尾をふって見せる。

「奥平純明さまは松平定信さまの盟友のひとりで、寛政の御改革の折りに御老中に抜《ばっ》擢《てき》されたお大名だ。定信さまと共に、えぞ地の開港の道を探っていたきれ者と評判の高い御老中だったな」

宗秀が盃を乾した。

「えぞ地の開港？　どういうこった」

渋井が宗秀の盃に徳利を傾けた。

「だから、長崎のおらんだ屋敷と同じだ。たぶん厚岸だったと思うが、ロシアと交易を始める湊《みなと》を開く手だてを模索していた。様々な確執があって、定信さまが御老中を退かれたために開港の方策はたち消えたがな」

「純明さまは、御老中職に残っていたんだよな」

「奥平純明さまは享和三年まで御老中職にとどまられ、定信さまの御改革を引き継がれ、推し進めた。だが、結果を見れば、あまり上手くいかなかった。東えぞ地の御公儀直轄も、奥平純明さまが中心になって決まった施策だ。ただ、頭で考えた通りに世の中が動くとは限らぬ。文化三年に御老中職に再び就かれ、文化四年の東西北、全えぞ地の幕領化の施策は……」

だったら当然――と、渋井が宗秀の言葉をさえぎった。

「純明さまはえぞ地のことは、詳しいんだろうな」

「そりゃあ、詳しいだろう。開港の意図は、ロシアとの交易上の利益と共にえぞ地の防備が狙いでもある。広大なえぞ地の防備は松前一国では手にあまる。幕府が乗り出すしかない。しかし、ロシアをただ追い払うだけではだめだ。ただ追い払うだけではかえって抜け荷が盛んになる。抜け荷が盛んになれば、商いの上でえぞ地がロシアにとりこまれてしまう。抜け荷であっても、商いは商いだからな」

「じゃ、じゃあよう、純明さまはえぞ交易の商人らとも、えぞ地の交易やらロシアとのつき合い方やらで、相談していたんだろうな」

渋井がささげた盃の酒がこぼれるのもかまわず言った。

渋井は話に夢中になると、よく酒をこぼす。

「鬼しぶ、こぼれているぞ」

「抜け荷のことなんかよう、相談したろうな」

「えぞ交易の商人らはえぞ地の実情に精通している。間違いなく相談しただろう」

「例えばよう、先生が言ったように、えぞ地に湊を開いて交易を認めれば、抜け荷じゃなくて堂々と商いができるわけだ。商いが盛んになって、そうすりゃあロシアの動きも見やすくなるし、かえっていいんじゃねえかとか」

「えぞ地の経営をどうすれば御公儀にとって有益か、どういう施策をとればのちのち禍根《かこん》を残さないかとか、いろいろ知恵を絞ったはずだ」

「いろいろねえ……」

渋井は、ぼそりと繰りかえした。

昼間聞いた本材木町の材木商・竹村屋雁右衛門の抜け荷の一件が、再び渋井の頭の隅《すみ》に引っかかった。

純明さまは、雁右衛門の商人としての腕を買っていた。

奥平家江戸屋敷の御用達材木商を務めた雁右衛門が、純明さまのおそば近くに召され、直々にお言葉をかけられるさまが思い浮かんだ。

純明さまは、雁右衛門をおそばに呼ばれ、何を訊き、何を命じ、そして雁右衛門は何をしたのか。いろいろ……そうだ、いろいろ雁右衛門はえぞ地でやったのだ、と渋井の考えが廻《めぐ》った。

「鬼しぶの旦那、どうした、急に黙りこんで。一件の謎をとく思案が浮かんだのか」

「いや、何もねえ。ただ、どうもすっきりしねえ。ここがよ」

渋井は指先で額を突いた。

そのとき、腰高障子が威勢よく開いた。

冬の夜寒と一緒に、助弥と蓮蔵が賑やかに入ってきた。

「旦那、遅くなりやした。蓮蔵を連れてきやした」

助弥の後ろで蓮蔵が、「へえ、旦那」と白い息を吐いた。

「おお、待っていた」

渋井が盃を上げると、痩せ犬が忙《せわ》しなげに渋井と助弥の間でうろうろした。

同じ刻限、鎌倉河岸《かまくらがし》の京風小料理家《薄墨《うすずみ》》の引き違いの表格子戸《こうしど》を、菅笠《すげがさ》の侍が静かに開けた。

表格子戸から小笹の間を飛び石が、軒《のき》暖簾の下がったそこも格子の引き違い戸まで数個並んでいて、店の中のやわらかなざわめきが明かりと一緒にもれていた。

目深《まぶか》にかぶった菅笠の下の侍の顔を、店の明かりが薄《うつす》らと照らした。

侍の歳のころは四十前後、瓦《かわら》のように張った顎に両頬が裂けそうに見えるほどの大きく厚い唇が、ぎゅっと結ばれていた。

ごつい頬骨と頬骨の間にごつい獅子鼻《ししばな》が胡坐《あぐら》をかき、黒々と窪《くぼ》んだ眼窩《がんか》の底に闇夜《やみよ》の魑魅魍魎《ちみもうりよう》すら怯《おび》えさせるかのような鋭く大きな目が光っている。

侍は五尺（約百五十センチ）少々の筋と骨の盛り上がった部厚い岩塊を思わせる身体に、黒羽織を羽織り茶の綿袴を着けた扮装《ふんそう》で、差料《さしりよう》の大刀は、鐺《こじり》がのそのそとした歩みに合わせて飛び石を叩《たた》きそうに見えるくらいに長かった。

軒暖簾を払い、引き違いの格子戸を開けると、三和土《たたき》の土間に入れ床の毛氈《もうせん》を敷いた席や、胡桃《くるみ》材の卓に小料理屋では珍しい腰掛の席を客が占めていた。

客はご近所の裕福なご隠居や旦那衆の定客《じようきやく》が多く、みな侍を見慣れているせいか愛想のよい会釈《えしやく》を寄こした。

すると侍の方も、笑みを浮かべると不気味な風貌が妙におかしみのある顔つきになる会釈をかえしたのだった。

清楚《せいそ》な中にも裾《すそ》模様が艶《あで》やかな女将《おかみ》の佐波《さなみ》が客席の間に立ち、「いらっしゃいませ」と優雅に腰を折る。

佐波は四十に手が届いても、町内の美人女将と評判が高い。

菅笠をとり、深々と礼をする侍へ、

「どうぞ。お待ちですよ」

と、佐波は物腰やわらかく、侍を奥へ通しつつ言った。

「佐波さま、お身体に障《さわ》りはございませんか」

侍は、店土間の奥の襖に手をかける佐波に、低いささやき声で言った。

「お気遣い、ありがとうございます。おかげ様で健《すこ》やかにすごしております」

佐波は赤い紅の唇をほころばせた。

「どうぞ、ご無理をなさいませんように」

「大丈夫。根が丈夫ですし、無理はいたしません。では」

失礼いたします――と、佐波が部屋に声をかけ、襖をそっと開けた。

京は嵯峨野《さがの》の景色を描いた目隠しの衝立《ついたて》があり、四畳半の座敷に御目付役の片岡信正がひとりで盃を上げている。

信正は盃の手を止め、侍に微笑みかけた。侍は座敷へ上がって畳に手をつき、

「お待たせいたし、申しわけございません」

と、奇怪な風貌を愛嬌たっぷりにゆるめた。

「早く坐れ。ひとりではつまらん」

膳はすでに整えられていた。

まずは一杯いこう、頂戴《ちょうだい》いたします、という具合にはやらない。

侍は手酌《てじやく》がたしなみである。

「駒込は寒かったか」

信正は言って、盃を舐めた。

「駒込までいくと、さすがに寒さも御城下とは少々違う気がいたしますな」

「市兵衛には会えたか」

「それが……」

言いかけたとき、佐波が二合銚子《ごうちようし》の新しい燗酒を運んできた。佐波は信正に続いて侍に銚子を差し、

「返《かえり》さま、おひとつどうぞ」

と、酌をした。

侍は返弥陀ノ介《みだのすけ》。十人目付筆頭・片岡信正の配下にあり、俗に隠密目付と呼ばれる御小人《おこびと》目付衆の頭《かしら》である。

そうして佐波は、二十数年前、父親の静観《せいかん》とともに京より江戸へ下り、鎌倉河岸に薄墨を開いて以来、六十をすぎた今なお矍鑠《かくしやく》として板場で包丁をとる一徹な京料理の料理人の父親とともに、お店を女将として支えてきた。

信正が初めて薄墨の客になったのは二十九歳の若き御目付役のときである。そのこ

ろ佐波は十六歳の女将だった。

二人は春の凪に木の葉が騒ぐように、ごくごくあたり前に、自然なさり気なさで懇《ねんご》ろになり、それからやはり二十数年の月日が二人の仲に流れた。

赤坂《あかさか》御門の諏訪坂《すわざか》に千五百石の屋敷をかまえる旗本・片岡信正は、五十をすぎた今なお奥方を迎えていなかった。

ゆえに信正に子はなく、片岡家の跡継《あとつ》ぎも決まっておらず、周りはやきもきする。

けれど、信正はおっとりとかまえ、

「そろそろ、な」

と言うばかりで、ときはゆるやかに儚げに流れていく。

そんなこの冬、佐波の身体に小さな異変があった。

言われるまでもなく弥陀ノ介は気づいているが、それは弥陀ノ介が《お頭》と呼ぶ信正と佐波の間の事情であり、弥陀ノ介はただひっそりと「お健やかに……」と、祈るばかりである。

佐波がさがり、信正と弥陀ノ介は話の続きに戻った。

「残念ながら、市兵衛には会えませんでした」

弥陀ノ介は呑み乾した盃をおき、信正に言った。

「お屋敷の下働きをしておる近在の通いの者に話を聞くことができ、市兵衛は間違いなく数日前より奥平家下屋敷の長屋住まいをいたしております。たまたま今日は、暗くなるまでに屋敷に戻るということで出かけたそうで」

「市兵衛はやはり、屋敷の見廻り役に雇われたのか」

「それも《宰領屋》が言うておった通りでございました。屋敷では、凄い遣い手が屋敷の見廻り役に雇われたと評判になっておりました。なんでも、見廻り役を雇うのに上屋敷の御当主と下屋敷の大殿さまの御前で、働き口を求めて集まった志願者らにわざわざ試合をさせ、それをご覧になった殿さまと大殿さまが直々に選ばれたのが、市兵衛だったらしゅうございます」

「それではまるで、御前試合ではないか」

「まことに」

信正は、盃をゆっくりと口元へ運びながら考えた。

「確かに屋敷の見廻り役は大事な役目ではあるが、御前試合までして殿さま自らが腕のたつ者を選ばれるほど重要な役目なのか。それほど重要な役目ならば、なぜ家中の者が務めぬ。一万三千石とはいえ大名だ。家中に屈強な者が幾らもおるだろう」

「見廻り役に御前試合は、妙です」

「第一、市兵衛がなぜ見廻り役の勤めに応じた。あの男は、天稟《てんぴん》の才を授かった己の剣の腕を表に出す仕事を避けておる」

「やむを得ぬ場合を、のぞきましてな。むふ」

弥陀ノ介が寒鰤《かんぶり》の焼身を頬張った。

「あれほどの剣の腕があれば、それを生かす道は幾らでもあるのに、あの男はそれをせぬ。貧乏武家の台所のやり繰りや、町家の細かな算盤《そろばん》勘定の仕事の方が、剣の道を生かすよりも己の仕事に相応《ふさわ》しいと、頑《かたく》なに思っておる」

弥陀ノ介が盃をおき、太い首を頷かせた。

「手の者が宰領屋の矢藤太から訊き出したところによりますれば……」

「矢藤太か。市兵衛の京時代の悪仲間だな」

「さよう。矢藤太が申しますには、お出入りの長い奥平家より申し入れがあるのに、誰も仲介をせぬのは請け人宿の格好がつかない。中間小者や下働きの者なら仲介はむつかしくはないが、邸内の見廻り役、あるいは徒士侍であっても侍は侍。あんまり変な者を仲介して、宰領屋の口入れはこんなものかと見くびられるのも面白くない」

弥陀ノ介は、そう言って盃を勢いよくあおった。

「そこで市兵衛がその手の仕事を好まぬのをわかっていながら、いくだけいって断ってくれれば宰領屋の顔がたつゆえと、無理やり頼んだそうです」

「ふふ。悪仲間だな」

「いかにも、悪仲間の言いそうなことで。はは……それゆえ、矢藤太は市兵衛が奥平家の見廻り役を受けるとは思っておりませんでした。ところが案外に仕事に就いたものですから、それならけっこうなことだと申しておったそうです。市兵衛は頼まれると、いやとは言えない男なのです。適当にやりすごす、という融通が利きません。節を曲げぬ頑固者《がんこもの》のくせに、妙に甘いところがありますな」

「甘いか。おれの弟だしな」

信正が笑いながら呑んでいる。

「これはご無礼を申しました。甘いのではなく、気のいい男なのです。怒らせると恐ろしい嵐になりますが、市兵衛の心底には気のいい風が吹いておるのです」

「気のいい、風か」

「はい。風の市兵衛です」

あははは、あははは……

二人はそこで、声をそろえて笑った。

「お頭、念のため、市兵衛に宮島泰之進さまの一件とわれらの役目を、それとなく伝えておきましょうか」

信正は少し考え、襖ごしに客の賑わいが聞こえてきた。

やおら、盃を膳において言った。

「市兵衛の見廻り役を務める下屋敷は、ご隠居の純明さまと御側室、それに御子さま方がお住まいだ。家中の者ではなくわざわざ御前試合までして外から人を雇い入れるのは、もしかして、仕事が単なる見廻り役だけではないのかもしれぬな」

「なるほど。すると、御執政より報せが届き、大殿さまのご身辺の備えに市兵衛が雇われた、ということでしょうか」

「いや、それはないと思うがな。そういう役目なら素性のはっきりせぬ渡り者を大名ほどのお家が雇うとは思えぬ。そういう役目なら家中の屈強な者に命じられるはずだ。市兵衛が雇われたのは、どんな事情かわからんが、ほかに何かわけがあるのだと思うぞ。ただ、奥平家に、お殿さまご身辺警護の特段の措置がとられているふうに見えぬのは解せぬが」

「ははあ、それもそうですな」

「なんにしても弥陀ノ介、偶然にも市兵衛が純明さまのご身辺近くにいるというのは、万が一の事が起こってもかえって好都合だ。下屋敷周辺の警戒に手配りはして、しばらく放っておこう。市兵衛にはいつでも接触できる。われらの役目を伝えるのは、こちらの調べを固めてからの方がよかろう。ともかくおぬしは明日、八王子へたて。手の者はいるか」

「いえ。隠密の調べゆえ、それがしひとりの方がやりやすうござる」

「任せる。くれぐれも気をつけてな」

「お任せを」

と、襖の外に「失礼いたします」と、佐波の声がした。

襖がすうっと開いて、店の賑わいとごま油の香ばしい匂いが流れてきた。

「さわらといかを天麩羅《てんぷら》にいたしました。お召し上がりください」

佐波がこんがりとした揚げ色の天麩羅を、二人の宗和膳《そうわぜん》に並べた。

「うう、美味そうだ。堪《たま》りません」

弥陀ノ介が天麩羅の皿をのぞきこんだ。

佐波の白い手が続いてつけ汁の碗と薬味の小皿を、ことりことり、とおく。

「お好みの薬味をつけ、どうぞ温かいうちに」

「静観どのの京料理は、本当に楽しみです。くるたびにわくわくさせられます。佐波さまが薄墨をきり盛りなさっておられるならばこそですな。佐波さまがお出になられたら、静観どのはどうなさるのでしょう」

「それよ。どうしたものか、案じておるのだが」

信正が佐波を見て言った。

「そうですね。父は大丈夫と申しておりますけれど」

佐波は澄んだ目と艶やかな唇に、優しい笑みとかすかな愁《うれ》いを浮かべた。

五

翌日、朝五ツ半（午前九時）、家士の影が市兵衛の長屋の表腰高障子に差した。

「唐木市兵衛どの。大殿さまより、お露さまお行列の供のお申しつけでござる。至急お支度《したく》をなされ、お出《い》でくだされ。内玄関へご案内いたす」

よく透《とお》る声が障子戸を震わせた。

市兵衛は紺羽織と鼠色の袴に手甲脚絆《てっこうきゃはん》、黒足袋草鞋《くろたびわらじ》に素早く拵え、菅笠を手にして表へ出た。

大殿さまの御小姓《おこしょう》衆が市兵衛に会釈を投げ、「こちらへ」ときびきびした仕種で踵をかえした。

表玄関のある表門前をすぎ、内塀の小門をくぐって奥向きの境《さかい》になった白壁の近くまでくると、内玄関の小広い式台があり、網代《あじろ》の引戸に黒漆《くろうるし》塗りのお乗物が式台のわきにすでに寄せられていた。

いずれも菅笠をかぶった四人の陸尺《ろくしやく》と両掛の中間が二人、お乗物の傍らに身をかがめて待機している。

もうひとりの御小姓衆が式台のそばに佇《たたず》み、それに御年寄の小松雄之助が裃《かみしも》姿で扇子《せんす》を手に、お乗物のそばで右へいったり左へいったりしていた。

「おお、市兵衛、きたか」

小松は市兵衛を認め、扇子をかざしてお乗物のそばへ呼び寄せた。

市兵衛は小松の前に片膝をついた。

「身支度ができておるではないか。今日の供のことは誰から聞いた」

小松は市兵衛の身支度を意外に思ったらしく、表情をゆるませた。

「昨夜、桑野さんと山谷さんよりうかがいました。ここのところのどかな天気が続いているので、今日あたり天気がよければ、お露さまが若さま姫さまをお連れになられ野遊びに出られるやもしれぬとでございます。よって、いつでも出られるように支度だけは整えておりました」

「仁蔵と太助がそう言うたからか。気が利いておるのう。けっこう。お露さまが若さまと姫さまをお連れになって野遊びに出かけられる。今朝もいい天気だ。こういう日にはよくあるのだ。お露さまはああ見えてご活発なご気性《きしょう》でな。よい天候が続くと、冬の寒さも気になさらず、御子さま方をお連れになり、野遊びをなされる。大殿さまも屋敷に閉じこもっているよりその方が身体によいというお考えだ」

市兵衛は目の隅で周りを見廻したが、ほかに侍はいない。

それに気づいて小松が言った。

「侍の供はおぬしひとりだ。お露さまは野遊びに供が多いのをお喜びにならぬ。これまでは三人のお女中方と中間二人のみのお供で、目だたぬようにお出かけであった。だが、それでは大殿さまが心もとないと思われてな。野遊びの邪魔にならぬよう気を配りつつ、ご身辺を警護するのだ。今後、おぬしの役目にはこういう役目もある。承知しておくように」

「承知いたしました」

「というても遠くではない。駒込のこのあたりは野が広々と開け、野遊びの野には事欠かぬ。今日の野遊びの道順を言うておく。お屋敷の裏門より出られると、御鷹《おたか》屋敷のわき道をいかれ、初めに道灌《どうかん》山に向かわれる。そこから野道を荒《あら》川までいき、宝蔵《ほうぞう》寺の裏手より豊島《としま》村の渡し場あたりまで荒川の堤道をご散策なさる。六阿弥陀《ろくあみだ》の西福《さいふく》寺で御休息をとられ、遅くとも八ッ（午後二時）すぎにはお屋敷に戻られるご予定である」

不案内な土地だが、おおよその見当はついた。

「気がお向きになれば、道灌山あたりよりお乗物を降りられ、ずっとお歩きになるかもしれぬ。何度も遊ばれている土地ゆえ心配はいらぬと思うし、笠もおかぶりであるが、ああいうご容姿ゆえ目につかぬというわけにはいかぬ。物珍しげに近在の百姓らが集まってご不快になられぬよう、臨機応変に手だてせよ。ただし、百姓らに手荒なことをしてはならぬぞ」

「心得ております」

そのとき幼い子供の声がし、内玄関へ人が出てきた。

初めに姫さま、続いて兄君の若さまが式台へ下り、大殿さまとお露さまが三人の奥女中方を従え、玄関広間へ現われた。

「大殿さまぁ、お出ましぃ」

二人の御小姓衆と小松が片膝を立ててかがみ、市兵衛は小松の後ろに控えた。

陸尺や中間らも一斉に式台の方へ頭を垂れる。

大殿さまのすぐ後ろに続くお露さまは、背丈が大殿さまと並ぶほど高かった。従うお女中方は野をゆく扮装に拵えている。

式台に下りた大殿さまが、若さまと姫さまの肩を両脇へ抱き寄せて数語、笑顔で言葉を交わし、その笑顔を御小姓衆から小松、後ろの市兵衛の方へ投げた。

異例にも、大殿さまが市兵衛に直に声をかけた。

「唐木か……ふむ、頼むぞ」

お露さまと御子さま方、お女中方の目が、市兵衛にそそがれた。

「は。お務めいたします」

御小姓衆がお乗物の引戸を開け、無邪気な姫さまの美帆さまとそれを庇《かば》う若さまの悠之進さまが乗り、それからお露さまがお女中方の介添えでお乗物の中に消えた。

「おたち」

お乗物に添う女中頭の牧野《まきの》が言葉静かに言い、みなが一斉に立ち上がった。

心得たふうに、行列はすぐに粛々《しゅくしゅく》と進み始める。

かすかなお乗物の軋《きし》みが聞こえる。

大殿さまが玄関広間に佇み、小松と二人の御小姓衆が行列へ頭を垂れて見送った。

内塀の門には、下働きの下男下女と岸部善徳《ぜんとく》ら料理方が見送りに出ていた。

行列が東北側にある下屋敷の裏門を出ると、お屋敷の裏手はすぐに駒込の野道が、木々の間を四方八方へくねっていた。

近在は植木業を生業《なりわい》にしている家が多い土地柄のため、田面《たづら》のいたるところに林がこんもりと繁っていた。

午前の青空が、寒気の中にも清々《すがすが》しく広がっている。

木々の間を小鳥がさえずり、遠くの農家の庭で枯れ草を焼く煙がたなびいている。

広大な武蔵の地は、果てしない空と雲と、どこまでいっても山影の見えない田畑や森や、原野が坦々《たんたん》と広がっていく。ごく稀に空の澄みきった日など、富士や深川あたりでは筑波《つくば》の青い山嶺《さんれい》を望むことができる。

けれど、奈良や大坂、京の町の緑の山並みがどこからでも見渡せる上方の風景と武蔵の景色の違いは、江戸に生まれ育ったにもかかわらず、市兵衛の胸の奥に遠い異国への旅情をなぜか誘うのだった。

なんとのどかで心地よいのだ、と市兵衛は息を大きく吸った。

行列は物々しい物頭《ものがしら》などおらず、加賀笠《かがかさ》をかぶったお女中二人がお乗物をのどかに先導し、女中頭の牧野がお乗物の添い役、両掛の中間が二人、これは木刀を腰にして続き、そして市兵衛が最後尾をいった。

牛を牽《ひ》いた百姓や籠《かご》を背負《せお》った女らが、行列にいき合い、野道のわきによけてみな腰を深々と折った。

江戸の町では大名行列に土下座はしない慣《なら》わしが、大名の下屋敷の多い駒込の近在でも広がっている。ご近所のお大名さま、といったふうの百姓らのさり気なくわきまえたふる舞いが、鄙《ひな》びた田園の風景に似合っていた。

幼い姫さまがお乗物の網代の引戸を開け、道端に控える百姓らへ白い木の葉のような手をふったりして百姓らを微笑《ほほえ》ませた。

姫さまは荷駄を積んだ牛や馬、林を飛び交う小鳥や田面の彼方の人影にも手をふって、野遊びの楽しげな様子が伝わってくる。

しかし牧野がお乗物に添いながら小声で何か言い、引戸をそっと閉じた。

行列は駒込の野道を進み、神明宮《しんめいぐう》の北にある俗に富士裏と言われる御鷹部屋と御鷹《おたか》匠《じょう》屋敷の間の道を抜けて動坂《どうざか》に差しかかる。

動坂の道の両側は杉が生《お》い茂り、下り坂のわきに石像が立っている。

動坂を下って谷戸《やと》川に出ると、そのあたりは田端《たばた》村になる。

田端村の田面の彼方、大名屋敷や寺院の甍《いらか》がつらなった東の先端に道灌山が見えた。

谷戸川の流れが、冬枯れた木々が覆う道灌山の東側を廻るように消えていく。

行列は、道灌山の山裾にある江戸六阿弥陀のひとつを祭った与楽寺《よらく》のわきをすぎ、そこで谷戸川を渡って日暮里《にっぽり》から北の尾久《おぐ》村の方角へ折れた。

尾久村の田面の中の道を進んだはるか先に、田野を貫《つらぬ》いて荒川の流れが横たわっているのが、土手に並ぶ木々の様子で見てとれた。

下尾久村の百姓家の茅葺《かやぶき》屋根が、荒川に近い樹林の間に固まっていた。

荒川に沿って下尾久村の東側に町屋《まちや》村、西側に上尾久村が霞《かす》んで一望でき、田や畑が折り重なったそこかしこに点在する寺院や森が認められた。

みな歩き慣れた様子で、のどかな歩みに遅滞がない。

下尾久村の近くの野道を通り抜ける折り、沿道に近在の百姓や子供らがばらばらと集まってきたが、それにもみな慣れていると見え、平然と澄まして通りすぎた。

道端の百姓らは、お露さまのお乗物がきた、という物見高い様子だった。

武家が代官所支配地の村へ入ることは禁じられている。だが、村役人が現われる気配がないのは、奥平家御側室の野遊びが知れ渡っているものと見える。

お露さまのあの澄んだ青い目も、おそらく村々では噂になっているのに違いない。

行列が荒川の土手道に出たのは、日もだいぶ高くなったころだった。

そこでお乗物が止まり、お露さま、若さま姫さまがお乗物を降りた。

お露さまと姫さまは、着物の裾を引きずらぬように足首までたくし上げ、若さまも縞袴の股立《ももだ》ちをやや高くとった扮装で、白い脚絆と足袋が清々しく見えた。

それが野遊びの折りの、目だたぬよう配慮した拵えなのだろう。

お乗物から出たお露さまは、少し離れたところに控えている市兵衛へ一瞥《いちべつ》を投げ、それから幼い美帆さまの手を引かれ、土手道の散策が始まった。

悠之進さまがお露さまと美帆さまの前を歩み、お女中がそれぞれの傍らについて歩んでいき、後ろに空《から》のお乗物、二人の中間、そして市兵衛が続いた。

荒川の流れは豊かで、濃紺のゆったりとした川面《かわも》に午前の光が照り映《は》えていた。かいつぶりが岸辺の水草の間に浮いているのが見えた。

川船が通るたびに、若さまと姫さまは岸辺に佇んでじっとそれを見送り、船影が遠くになると、またゆるゆるとのどかな散策が続くのだった。

荒川の北は、本木《もとき》村、小台《おだい》村、宮城《みやぎ》村と続いて、南側の尾久村や舩方《ふなかた》村と同じ田野が青空の下に広がっている。

上尾久村の宝蔵寺の裏手まできて、宝蔵寺の僧房で少々の休息をとった。

ここでも住職の老僧がお露さまの行列を丁重に、しかも親しげに迎え入れ、手慣れた様子で茶などがふる舞われた。

わずかな休息をへて行列は再び土手道へ戻り、上尾久村をすぎ舩方村へとった。

舩方村の対岸は宮城村である。

姫さまは疲れを知らず、お露さまの手を離れて道の先へ走っては戻り、また走っていき、その姫さまに若いお女中の松代《まつよ》が絶えずついて廻って遊び相手になっている。

若さまの方は幼い姫さまの相手にならず、お露さまやお女中方の前を大人びた風情《ふぜい》で歩いている。

折りしも、荷を山のように積んだ舟運の平田船《ひらたぶね》が、風がないのに白い帆を張って川を上ってきた。艫《とも》や船端《ふなばた》に船頭《せんどう》と船子《ふなこ》らの姿が三つ見えた。船頭が艫の櫓《ろ》を操《あやつ》り、船《ふな》縁《べり》の船子が棹《さお》をついている。

若さまは堤端に立ち止まり、追いこしてゆく船を眺めながら、お露さまと何か話していた。

その間、四人の陸尺と二人の中間、市兵衛の七人はいつまでも待機する。

冬の日差しがほっこりとして、心地よい。

と、そこへお女中の広川《ひろかわ》がきて、市兵衛に言った。

「唐木どの、お露さまのご用です。おそばへお出でくだされ」

は——市兵衛は広川に従い、お露さまと並んだ若さまの傍らに進み出た。

川縁に佇むお露さまをひと目仰《あお》ぐと、澄んだ青い目が市兵衛を見下ろし微笑んだ。

それからどことなく哀感の影のある白い面差《おもざ》しを、お露さまはすっと対岸の方へそらした。

女性にしてはのびやかに背丈が高いその佇まいは、まさに絵のようである。

「唐木どの。若君さまがお訊ねになりたいことがございます。唐木どのがご存じであればご下問にお答えくだされ」

控えている牧野が初めに言った。

市兵衛は目を伏せ、若さまの方へ片膝立ちの姿勢を向けた。

「市兵衛、あの船はなんという船だ」

美しい横顔の若さまが、白い帆をたてて川面をゆるやかにすべる船を指差した。

お露さまに似ている。ただ、目が違う。お露さま姫さまは深い二重《ふたえ》だが、若さまは、精悍《せいかん》な印象を受けるきれ長な一重《ひとえ》である。

ふと、市兵衛は大殿さまの目も二重であることを思い出した。

「江戸の花川戸《はなかわど》という河岸場より、荒川や新河岸《しんがし》川などの武州の河岸場へ様々な荷を運ぶ平田船でございます。戻りは武州よりの荷を江戸へ運びます」

市兵衛はよどみなく答えた。

「平田船？　それはどういう船だ」

「川をゆくための川船でございます。底の浅い川に障りがないように、また荷を沢山《たくさん》積めるように船の底を平たくしており、それゆえ平田船でございます」

「何を運んでいる」

「江戸から武州へは酒に砂糖、塩、海の魚、茶や陶器の器《うつわ》、また百姓に必要な油粕《あぶらかす》などの肥料を運び、武州から江戸へは、米、大麦や小麦、大豆、小豆《あずき》、さつま芋《いも》、薪《まき》や炭、秩父《ちちぶ》の山々より伐り出される木材を運んでおります」

「あんなに荷を沢山積んで、船が苦しそうだ」

「武州のそれぞれの河岸場へ、人々に必要な荷を運んで交易をするのでございます。船出のときは沢山積みこまねばなりません」

「どれくらい積んでいる」

「米俵ならば、一度に三百俵は積むことができると聞いております」

「三百俵も積めるのか」

「平田船の大きさによります。荒川や新河岸川をゆく平田船を川越《かわごえ》平田と言い、上利《かみと》根《ね》をゆく平田船を上州《じょうしゅう》平田と申します。上州平田は川越平田よりも大きい船があり、また高瀬舟《たかせぶね》というもっと大きな川船を利根川で見たこともございます。しかし、あの船の大きさでは三百俵は無理かもしれません」

市兵衛は川上の先へ離れていく平田船を見やった。

「帆をたてて、船はどうやって橋をくぐるのだ」

「帆を下ろし、帆柱を寝かせておきます」

「帆柱を寝かすことができるのか」

若さまは意外そうな目で船を追い、さらに言った。

「川をさかのぼるときは、船頭たちだけで船を漕《こ》ぐのは大変なのではないか」

「のっけという船曳《ふなひき》人足が、川堤を船を曳《ひ》いてゆくのです」

「のっけ？」

「在の百姓たちが手間賃を稼ぐために、畑作業の傍ら、船曳をするのです」

お露さまは物思いに耽《ふけ》るかのように、川面と対岸の風景をじっと眺めていた。

そこへ幼い姫さまが楽しげな笑い声をたて、お守りの松代と駆け戻ってきた。そしてお露さまの膝の後ろへ隠れ、市兵衛をつぶらな二重の目で見つめた。

この姫さまも、お露さまに似てとても美しい顔だちである。

市兵衛は思わず微笑んでしまう。

お露さまが姫さまを優しく抱き上げ、何かささやきかけた。

「市兵衛は千石積の大きな大きな船を知っているか。千石積の船なら海をこえて、江戸や大坂からえぞへゆけるのだぞ」

若さまが少し得意げに言った。

「はい。十年ほど前、諸国を巡る旅に出て、若狭《わかさ》の海より北前船《きたまえぶね》といわれる千石積の大きな船でえぞ地の松前へ渡ったのは、七年前でございました」

市兵衛の答えに、若さまは十一歳の年ごろらしく好奇心に目を輝かせたが、姫さまを抱いたまま、お露さまも川面より市兵衛へふり向いたのだった。

「市兵衛はえぞを知っているのか。えぞのどこへいった」

若さまがせっつくように訊いた。

「松前より江差、留萌、天塩、野寒布《のしゃっぷ》岬までいき、北えぞに渡ろうとしましたがそれは許されず、それから松前へ戻り、箱館より東えぞへ廻り、厚岸という交易の場所にて二月《ふたつき》ほどすごしました」

「そうなのか。アイヌとは遇《あ》ったか。冬はえぞは雪が一杯降るのであろう。海が凍って、人が歩いて渡れるのだろう」

「厚岸に交易にきた商人に案内を乞い、厚岸から奥地のコタンと呼ばれるアイヌの村へいったことがあります。アイヌの熊送りの祭を見ることができました。しかし、夏の半ばにえぞを去りましたのでえぞの厳しい冬は存じません。もし許されれば、北えぞから冬の氷の海を渡って、ロシアのアムール川まで旅をしたかったのですが」

「ええ？　ロシアの、どこへだ？」

「アムール川です」

市兵衛が言ったとき、お露さまの白い頬に明らかに朱が差した。長いまつ毛が、かすかに震えているのがわかった。やがて、

「市兵衛どの……」

と、お露さまの声がかかり、市兵衛は頭《こうべ》を垂れた。

「そなた、アムール川を存じておるのか」

静かな、少々低い声だった。

「大坂の商人の元に寄寓《きぐう》しておりました十代のころ、北前船の西廻り航路によるえぞ交易と、えぞ地とアムール川流域の山丹《さんたん》の民との交易の話を教えられました」

「まあ……」

お露さまが感嘆の声を抑えた。

わたくしはこの子の歳まで――と、姫さまを頬ずりするように抱き直した。

「アムール川の畔《ほとり》の小さな村ですごしたのですよ」

市兵衛は垂れた頭を頷かせた。

お露さまの青い目が、アムール川の畔の小さな村を見ているかに思われた。

「和人の母と祖父の三人で暮らしていたのです。祖父はアムール川の村にまで交易にきていた和人の商人でした」

お露さまは異国との交易の国禁を知ってか知らずか、ためらわずに言った。

「母がなぜ亡くなったのか、幼かったのでよくは覚えていません。ただ、母が亡くなってから、祖父の背に負われ、冬の氷の海を渡った覚えがあります」

「お露さま、そのお話はそれまでにて」

牧野が傍らより、さり気なくお露さまを制した。

しかしお露さまは牧野へ笑みを向けたのみで、話を止《や》めなかった。

「十歳の年まで祖父と二人で暮らした町が、そなたがいったことのあるえぞの厚岸です。ある日祖父が厚岸の湊が一望できる岬に、まだ幼かったわたくしを連れていってくれましてね。岬に立つと、果てしなく美しい海が広がっていて、いっぱいの海鳥が飛び交い、鳴き騒ぎ、空には風がうなっていました。そうして、はるか沖をゆく船の帆が見えるのです」

お露さまのこみ上げる思いが伝わるのか、姫さまはお露さまの腕の中で大人しくしていた。

「祖父はわたくしの手をとり、あれは江戸からきた和船だと、教えてくれました。それから海の一方を指差して、この海の彼方に大きな大きな陸があり、その陸のずっとずっと奥の川の畔でおまえは生まれたのだ、と言いました」

荒川をさかのぼる平田船は、すでに遠く離れていた。

「祖父はまた一方の海を指差し、こちらの海の先へ何日も船に乗ってゆけば、江戸という大きな町に着く。わたしはその町で生まれた、いつかおまえを江戸に連れていってやろう、と言ったのです。あの船に乗っていくの、と訊きますと、祖父はそうだと笑って海を眺めておりました。でも祖父は、わたくしを江戸へ連れてくる前に亡くなったのですけれど」

牧野が困惑を浮かべていた。広川と松代は牧野の後ろにともに畏《かしこ》まっている。

市兵衛は沈黙を守った。

「わたくしは、子供たちとここへくるのが好きです。江戸のこの川の景色は、わたくしの覚えているアムール川の畔の風景とちっとも似ていないけれど、川は海に流れ、海は遠いえぞの厚岸やアムール川にまでつながっていると思うと、わたくしの心が生まれ故郷のアムール川の村や祖父に育てられた厚岸の町とつながっていられるような気がして、とても懐かしく感じられるからです」

お露さまは姫さまを強く抱き締め、頬ずりをするような仕種をした。

「ああ、嬉しい。えぞの厚岸を知っているなんて。市兵衛どの、そなたが厚岸の海とアムールの風を、運んできてくれました」

お露さまの青い目が潤《うる》み、輝いた。

「お露さま、それでもう、およろしいのではございませんか」

牧野がまた制した。

「ええ……」

姫さまを抱いたお露さまはわずかに頷いた。そして、

「まいろう」

と、堤道を歩み始めた。

若さまがお露さまに並び、牧野と広川、松代が続いて、お乗物、両掛の中間二人が通りすぎるまで、市兵衛は片膝をついてお露さまの後ろ姿を見守った。

第三章　八王子千人同心《はちおうじせんにんどうしん》

一

江戸は日本橋から十三里（約五十二キロ）。甲州道《こうしゅうどう》八王子宿は八王子十五宿からなる。

宿の往還はおよそ一里あって、町並が途ぎれることなく続いている。

甲州道を通る大名行列は、信州《しんしゅう》高島《たかしま》、飯田《いいだ》、高遠《たかとお》の小大名の三家だけであり、そのため街道の宿場は参勤交代のうるおいが少なく、八王子宿も街道の人馬通行高の平均書上は、日に人五十人と馬三十頭ばかりに、宿は四十軒ほどの宿駅だった。

また飯盛《めしもり》の許された宿は、伝馬宿《てんましゅく》の横山《よこやま》と八日市《ようかいち》の二宿のみだった。

しかし八王子は近郊の村の絹《きぬ》織物の集荷地になっていて、横山、八日市の伝馬宿に

《四・八の六斎市《ろくさいいち》》がたち、紬座《つむぎざ》の絹織物や、太物《ふともの》、麻、薪《まき》、肴《さかな》、塩、竹などをあつかう座が並ぶ、近在の商《あきな》いの中心地だった。

殊《こと》にここ数十年、八王子の商いの盛況ぶりは目ざましく、露店の座に代わって常店《じょうみせ》が増え、江戸と結ぶ材木や薪炭《しんたん》、米穀《べいこく》の市が賑《にぎ》わいを見せていた。

そんな八王子十五宿のひとつ、横山宿に《白柳屋《しらやなぎ》》という常店があった。

白柳屋は、甲斐郡内《かいぐんない》の絹帛《けんぱく》の類《たぐい》や様々な物産を仕入れ、それを江戸に運んで売り捌《さば》く仲買業務を、八、九年ほど前に江戸からきた白柳屋文治《ぶんじ》という六十すぎの主人がわずかな手代を使って営《いとな》んでいた。

店は間口十間《けん》（約十八メートル）足らずの中店《ちゅうみせ》で、さほど賑わっている様子ではなかったが、甲斐郡内の物産の仕入れの者やら、江戸での売り捌きを請《う》け負《お》う行商やらの出入りがしばしばあって、目だたぬながら堅実な商いのお店と、町内では見られていた。

主人の文治は八王子千人同心の組頭《くみがしら》の誰やらと縁続きの者らしく、八、九年前の当時でさえ五十すぎ年配の文治が町内に店をかまえることができたのは、宿役人へ拝領屋敷の組頭より口利《くちき》きがあったためと言われているが、定かな素性《すじょう》はわからない。

ただ白柳屋は、甲斐郡内の物産の仕入れ業務を、手間賃が幾《いく》ら、で八王子千人同心に内職で請け負わせ、仕入れた物産を江戸の行商にこちらは、歩合《ぶあい》が幾ら、で請け負わせて販売するという手法の商いをやった。

そうすれば、白柳屋が雇う手代の数は少なくてすむし、内職が小禄《しようろく》の八王子千人同心の暮らしの手助けにもなった。そのため白柳屋の名は、八王子近在の百数十の村々に分散して半武士半農民で暮らす千人同心の間では、それなりに知れ渡っていた。

年の瀬のその日、白柳屋の仲買業務を請け負う江戸在住の行商らが横山宿のお店に顔をそろえ、このちの白柳屋の請負業務についての、慰労《いろう》をかねた寄り合いが行われていた。

お店は昼すぎには早じまいにし、下働きの下男下女《げなんげじよ》を帰し、手代や主人の文治自らが仕出しの料理と酒を注文して慰労の酒宴の支度《したく》を整えた。

寄り合いは主人の文治を入れて、お店に勤めるわずかな手代と江戸からきた行商らを合わせて二十一人で行われた。

宿場と言っても宿並の裏はほとんどが畑で、白柳屋店奥の座敷にたてた腰障子《こししようじ》の外は垣根《かきね》に囲われた裏庭に面し、裏庭の先は桑畑が広がっていた。

酒宴がまだ始まる前で、不意の客の訪問に備えて店の間の帳場にいる主人の文治ともうひとりをのぞいた十九人が店奥の座敷に会して、白柳屋の主人が座に着くのを静かに待っていた。

二本の火鉢に炭火が熾《おこ》って座敷を暖めていたが、障子には日が差し、年の瀬にしてはうららかな日和《ひより》だった。

座敷の仏壇を背にしてひとりの男が端座し、寄り合いに集まった行商らが左右にずらりと居並んでいた。

中心になった男は日に焼けてこけた頬《ほお》に高い鷲鼻《わしばな》、固く結んだ薄い唇、眼窩《がんか》の奥の黒ずんだ鋭い目が精悍《せいかん》な風貌《ふうぼう》を作っていた。

白柳屋の仕事を請け負う行商には見えぬ総髪に一文字髷《いちもんじまげ》を結い、どこかしらに武家の隠居風体《ふうてい》にも見えなくはなかった。

ただ男は、総髪にかなり白髪がまじっているものの、隠居にはまだ少し早い四十代半《なか》ばの年ごろに思われた。

ほどなく、通り庭にからからと下駄の音がして杉の引き違い戸が開き、主人の文治が大柄な肉づきのいい身体《からだ》を少し丸めて座敷へ入ってきた。

「お待たせいたしました」

と、文治は居並ぶ行商らへ会釈《えしゃく》を送りつつ、中心の男の隣《となり》に着座した。

文治はのっぺりとした無表情な顔だちに見えながら、一重《ひとえ》の冷めた眼差《まなざ》しには、用心深さとしたたかさ、商人らしい愛想《あいそ》のよさが入りまじっていた。

とうに隠居をしてもいい六十をすぎた年ごろだが、文治にはお店を譲る倅《せがれ》や苦楽を共にした妻はおらず、また養子縁組の話もなく、それが文治の独り身の素性にわけありふうな噂《うわさ》をご近所にたてなくもなかった。

だいたい五十をすぎるまで江戸にいて、どんな商いをしていたのか、なぜ八王子にきたのかよくわからず、拝領屋敷の組頭の口利きが宿役人になければ白柳屋はかまえられなかったに違いない、そんないわくありげな男だった。

「安宅さん、どうぞ」

文治が隣の男に勧めた。

「ではみな、まず、仏になった仲間たちに念仏を唱《とな》えよう」

安宅と呼ばれた男と文治が顔を見合わせ、二人そろって仏壇へ向いた。

居並ぶ男たちは二人の後ろに集まり、合掌《がっしょう》し、それぞれの唇にのぼった仏名が小さなざわめきを奏《かな》でた。

長い念仏ではなかった。

安宅は合掌をといて膝《ひざ》へおき、仏壇へ小首を折った。それから向きなおって、

「日が決まった」

と、言った。

低いどよめきが流れ、一同がそれぞれに頷《うなず》いた。

「いよいよわれらが務めを果たすときがきた。長い年月が流れよくここまできた。わたしひとりの務めと覚悟していたが、これだけの仲間がひとりの脱落者も出さずについてきてくれた。どれほど力強く思ったことか」

咳払《せきばら》いや、幾ぶん張りつめた吐息がまじる中、安宅は一同を見廻《みまわ》した。

「われらはみな、兄を失い、弟を失い、縁者を失い、友を失った者だ。命を落とした者の無念は、それが昨日であろうと十年前であろうと、百年前であろうと消えはせぬ。その無念をはらすことこそ、生き長らえたわれらの面目《めんぼく》だ。人がなんと言おうが八王子千人同心は武士である。武士の面目を失《うしの》うて、なんの命ぞ」

そうだ――と、男たちの中の誰かが応じた。

「思えば、厚岸の雪の夜、吉岡栄太郎を斃《たお》し入植地を捨ててから今日まで、足かけ十四年の歳月が過ぎた。それでもわたしは、八王子千人同心の面目を施《ほどこ》すために生き長らえてきた」

安宅は束の間をおいた。

「わたしは信じていた。御公儀は決して、捨て石となったわれらが志《こころざし》を、その志のために道半《なか》ばにして命を散らした仲間の無念を、無駄にはせぬと。御公儀の政《まつりごと》のためにわが身を捨てる覚悟で、わたしは自ら進んでえぞへ渡った。死は武士の誉《ほま》れでこそあれ、恐れるものではなかった」

「そうだ、安宅さん。わたしとて同じです」

また誰かが言った。

「残念だが、われらの入植は失敗した。われら八王子千人同心の面目は地にまみれた。けれどもこの失敗は、われらの失敗ではない。えぞ地入植の失敗は、えぞ地のことなど何も知らず、人がいかに生きそして死んでゆくかを知らず、のみならず知ろうともせず、権勢の座にぬくぬくとし権謀術数《けんぼうじゅっすう》に耽《ふけ》り、それが政だとうそぶく者たちが犯し、責めを負《お》うべき失政なのだ」

「おおっ」

と、響き声をそろえた男らは、見ればほとんどが四十代に、中に五十代と思われる者もまじっていた。

「しかしわたしは、御公儀は決して彼《か》の者らの失政を、許しはしないと信じていた。われらと彼の者らのどちらがお上《かみ》に忠節をつくし、自らを捨てて苦難の道を選び、武士として死んでいったか、明々白々だったからだ。だから、わたしは信じていたのだ」

安宅が沈黙し、みなが沈黙で答えた。

「吉岡を斃したとき、わたしは、これで終わったわけではないと気づいた。いや、というに気づいていたのかもしれない。ただ、吉岡だけはわが手で斃したかった。斃さねばならぬと思った。わたしの目の前で息を引きとっていった仲間たちの苦渋の顔が、頭から去らなかった」

「吉岡は、あの男は屑《くず》だ」

ひとりが言った。

「いや、十三年の歳月をへた今にして思えば、吉岡は屑ではない。あの男は御公儀そのものではないか」

安宅の言葉に誰も答えなかった。

「わたしは御公儀が彼の者らの失政を咎《とが》め、負うべき責めの償《つぐな》いをさせるものと信じ、それを確かめるために江戸へ戻ってきた。みなもそうだったな」

「そうですよ。そうでなければおかしい」

「確かにおかしい。彼の者らの失政を償わせ、そうしてわれらの失敗を礎《いしずえ》にして再びえぞ地開墾《かいこん》が行われれば、われらの失敗には意味があり、倒れた仲間たちの無念ははらされ、捨て石になった八王子千人同心の面目は施されるはずだった。われらはこの十数年、それを待ち続けた」

　みなそうだったな——と安宅は繰《く》りかえした。

「ところがどうだ。奥平純明が老中職を退くとき、えぞ地直轄おとりやめの施策が協議されていると聞き、わたしはわが耳を疑った。そんな馬鹿な施策が再びとられるはずはない。失政が繰りかえされるはずはないと思っていた」

「安宅さん、彼の者らはわれらごときを捨て石にしようと、一片の後ろめたさも感じてはいないのですよ」

「ふむ。今となってはわたしにもそうとしか思えない。去年、えぞ地直轄が終わり、今年になって松前奉行所も廃止になった。では、この二十数年の施策は、一体なんだったのだ。われらの仲間が入植地で次々と倒れていった償いは一体誰がするのだ。われらの面目は潰《つぶ》されたままか。わたしは許さん。御公儀が彼の者らの責めを不問に付すなら、代わりにわれらが罰するしかないではないか」

「そうとも。君君《きみきみ》たり臣臣《しんしん》たり、ですよ」

　ひとりが激して言った。

「先だって、えぞから何事もなかったかのように江戸へ帰ってきた宮島泰之進を斃した。残る奥平純明は隠居の身とはいえ大名。わが命と刺し違える相手として不足はない。奥平純明こそ、えぞ地直轄の施策を推し進めた中心人物だ。純明なくしてこの施策は考えられず、われらの無残な入植もなかっただろう。純明こそもっとも罪深く、純明を斃さずして、われらの面目を施すことはできず、倒れた仲間の無念をはらす道はない。ここまで共にきたからには、みなの命、わたしにくれるな」

　五十代と思われる男がそれに答えた。

「安宅さん、わたしはあのとき、身も心もぼろぼろになって入植地を捨てた。わが弟は、白糠の凍《い》てついた大地の下に眠っている。わたしには弟を供養する位牌《いはい》すらないが、わが無念をはらすことこそが弟への供養と思って生きてきた。もはや五十をこえ、惜しい命ではない。かまわぬ。わが命を捨て石に使ってくれ」

「すまぬ、赤井《あかい》さん。われらは元々、みな捨て石だった。彼の者らの罪深さは、われらを捨て石にした己のふる舞いに気づいていないことだ。よかろう。捨て石にされたならば、捨て石の意地を彼の者らに見せてやろうではないか」

　安宅が言った。

「やってやるとも」

そう言ったのは、安宅と同じ四十代半ばと思われる男だった。

「八王子を離れて二十二年。十二年前にやっと江戸へ戻ったとき、親はすでにこの世になく、生まれ故郷の八王子ですら帰るべき安住の地でなくなっていた。われらは妻も娶《めと》らず子もなさず、ただお上のために働いたのではなかったか。なぜわれらはこんな目に遭《あ》わねばならなかったのだ。この顚末《てんまつ》の報《むく》いをしかるべき者に受けさせねば、死んでも死にきれん」

「山本《やまもと》、みなおぬしと同じだ。愚痴《ぐち》はよせ。それより相手は大名。宮島のときのような手薄な警護ではない。相手が誰であれ、命を捨てて働くことのみを考えろ」

と、また別のひとりが言った。

「安宅さん、奥平家の下屋敷では、屋敷の見廻り番に腕利きと評判の浪人者を雇《やと》い入れたそうですね。やはり奥平家は、われらの意趣遺恨に気づいているのでしょうか」

「所詮《しょせん》は金目あての渡り者だ。どれほどの腕利きだろうと、とるに足らぬ。奥平家がわれらの意趣に気づいていたなら、それほかりの渡り者が役にたつとは思っておらぬだろう。家中の腕利きが警護役に就《つ》くはずだ。おそらく奥平家は気づいておらぬか、気づいていたとしても、純明自身が狙《ねら》われるとは思いもしておらぬのだ。己《おの》がなし、もたらした結果に責めを負うという覚悟が、そもそも欠落している」

「まったくだ。代々の身分を受け継《つ》ぎ、富を貪《むさぼ》り、御政道をほしいままにし、人の痛みなど慮《おもんぱか》りもせぬ。ならばわれらが、そういう輩《やから》に人の痛みを思い知らせてやるしかあるまい。あははは……」

その男の笑い声に合わせて、周りの男たちが声を低くして笑った。

安宅は居並ぶ男たちのひとりに言った。

「大竹《おおたけ》、おぬしより、日どり、手筈《てはず》を伝えてくれ」

「心得た」

安宅に名指された大竹が身を乗り出し、一同を見廻した。

大竹は安宅の幼馴染《おさななじ》みである。幼きころより共に剣術、学問、そして百姓として生きてきた。

日に焼け、土にまみれてきた男の相貌《そうぼう》である。

「下条甲八《しもじょうこうはち》が奥平家の下屋敷に、この九月の出替《でがわ》りで半季の中間《ちゅうげん》奉公に入っているのはみな知っているな。甲八がようやく純明の行動をつかんだ。年の押しつまった二十九日、純明は今年最後の野駆けに出る。その折りを襲う」

ほお、と男らの吐息がこぼれた。

「野駆けのいき先は、上板橋から上練馬《かみねりま》村、さらに石神井《しやくじい》村まで廻って、江古田《えごた》村、長崎《ながさき》村、池袋《いけぶくろ》村に出て、そこから駒込へ戻る馬で、およそ半日ほどの道のりになる。供の騎馬を入れて十騎にも足らぬ警護らしい」

「二十九日か。慌《あわ》ただしいな。襲撃場所の下見や支度は間に合うのか」

ひとりが拙速《せっそく》を案じた。

「甲八より知らせを受けたのは三日前だ。知らせによれば、純明は石神井村の村役人に懇意《こんい》にしている名主がおり、野駆けの折りは朝に駒込の屋敷を出立し、昼を石神井村のその名主の家でいつもとるそうだ。二十九日も間違いなくそうなるだろう。そこからの戻り、江古田村のどこかでと目星をつけた」

安宅が大竹に続いて言った。

「八王子にくる前、大竹と行商のなりをして江古田村の近在を見て廻った。石神井よりの戻りに江古田村から長崎村を通るなら、どこかで江古田川を渡るはずだ。数騎が渡れるほどの橋があり、長崎村へ通ずる道は推量できる。襲撃の二十九日、それぞれ行商の身なりに拵《こしら》え江古田村へ向かう。みなが集まる場所と、純明らが通る道筋のどこで決行するかは、大竹と今一度江古田村へいって決め、前日までに知らせる」

「あまり日はないぞ。大丈夫か」

「やるのだ。今から入念な支度はできぬ。宮島泰之進の一件で、町方の探索の手が迫っているとみておかなければならぬ。われらにあまりときは残されていないだろう。兵は拙速を尊《たっと》ぶ。速戦即決でいく。この一撃で決める、その一念で命を捨ててかかればできぬことはない」

安宅が静かだが、きっぱりとした口調でかえした。それから白柳屋の文治へ向き、

「雁右衛門さん、そういうことに決まった。あなたには言葉につくせぬ世話になった」

と、心をこめて言った。

文治は首を左右にし、安宅へ笑みをかえした。

「抜け荷の罪で一代で築き上げた材木問屋を失い、江戸を追われ、生ける屍《しかばね》も同然となったわが身が、このような澄んだ心でこのときを迎えることができますのは、安宅さまを始め、みなさま方のお仲間に加えていただいたお陰でございます。竹村屋雁右衛門、己がひとりではないと教えていただきました」

白柳屋の文治、すなわち、元は江戸の本材木町五丁目に大店《おおだな》をかまえていた材木問屋・竹村屋雁右衛門の今の姿である。

「この十年、わたくしの命はとうになく、ただわが亡骸《なきがら》の捨て場所を求めてさまよってまいりました。そうして、ついにそのときがきたのでございますね。みなさま方に

は十三年、わたくしはみなさまのお仲間に加えていただいておよそ十年。長いときでございますが、すぎた今となっては夢の間でございました」

はっはっは……

雁右衛門はすぎた日々の戯《たわむ》れを思い出したかのように、静かに笑った。

「せめて一矢《いっし》を報いたいという存念がここまでわが身を支え生き長らえさせてくれました。しかしながらわが存念は、みなさま方に望みを与えていただいたのでございます。竹村屋雁右衛門、心よりお礼を申し上げます」

「いや。雁右衛門さんの助力に与《あずか》らねば、われらとてどれほどの事ができたか、心もとない。雁右衛門さんこそ、われらに望みを与えてくれたのだ。雁右衛門さんに出逢《であ》い、心をひとつにし、共に生きられたことを嬉《うれ》しく思っている」

安宅が穏《おだ》やかに応じた。

「安宅さま、あとひと息でございますね。みなさま方の大願《たいがん》、そうしてわが願いが成就《じょうじゅ》できますよう、前祝いのささやかな酒を心ゆくまで呑《の》んで、酔って今日までの苦難を洗いそそぐことにいたしましょう。竹村屋雁右衛門、今日がみなさま方とのこの世での呑み納めでございます」

雁右衛門はそう言って、一同へ頭《こうべ》を垂れた。

二

それから二刻《とき》（約四時間）近くがたった夕刻の七ッ（午後四時）すぎ、八王子宿の北方を流れる浅《あさ》川の岸辺に冬の日暮れ前の冷たい川風が吹いていた。

岸辺一帯を灰色に覆《おお》う枯れた蘆荻《ろてき》が、風に吹かれてさわさわと鳴り、浅川の岸辺に人影は見えなかった。

安宅猪史郎は、浅川のゆるやかな流れに投げた枯れ木に狙いを定め、右半身になって短銃を右手にかまえた。

左の手で撃鉄を起こす。

引き金《がね》にかけた指に、力をこめる。

「引き金は引くのではなく、絞《しぼ》るのだ」

と、安宅に教えてくれたのは千人同心の組頭だった。

あのときは安宅もまだ十代で、銃も火縄だった。

安宅は引き金を絞った。

撃鉄があたり鉄《がね》に落ちた。

かちり。

燧石《すいせき》が火花を飛ばした。

一瞬開いた火皿の火薬に点火した火が、銃身の装薬へ走る。

しゅっ、どおん……

銃身が跳ねた。

ゆるやかな流れに乗っていた枯れ木が、玉にはじかれ、川面《かわも》から水飛沫《みずしぶき》と共に飛んだ。くるくると宙を舞って、川面へ力なく落ちる。

川風の中に上がった白い煙が岸辺になびき、凄《すさ》まじい銃声は夕空に儚《はかな》くかき消えていった。

川岸に静けさが戻った。

夕空を飛んでゆく鳥の鳴き声が遠くに聞こえた。

安宅は短銃を下ろし、川岸一帯を見廻した。

人影はない。

銃身の掃除をし、新たに火薬と玉の装塡《そうてん》にかかった。

と、そのとき、背後で川岸の小石が鳴った。

「お見事。上達なされましたな」

ふりかえると、いつの間に現われたのか、枯れた蘆荻を背に雁右衛門が佇《たたず》んでいた。

「雁右衛門さん、いつからいた」

安宅は装薬の手を止めず、雁右衛門へ笑いかけた。

「銃をかまえたまま、しばらく何やらお考えのようでございましたので、お気持ちを乱すまいと思い、放たれるまで枯れ草の間にひそんでおりました」

雁右衛門が、愉快そうに笑《え》みをかえした。

「歳だな。酒に弱くなった。雁右衛門さんがいることに気づかなんだ。若きころ、火縄の撃ち方を組頭に習ったときのことを思い出していた」

「歳などと。まだ四十代の半ばではございませんか。そのお歳で、老いを嘆《なげ》くには早すぎます」

「ふふん。明日の命を捨てた者が、老いを嘆くには早すぎる、と慰《なぐさ》められてもな」

安宅は短銃に火薬と玉を装塡し、火皿に火薬を入れた。そうして火皿を閉じ、また短銃を浅川の流れへかまえた。

「安宅さまに申し上げる相応《ふさわ》しい言葉が、見つかりません。違う世であれば、安宅さまはもっともっと長く生きて、わたしは老いさらばえて、安宅さまに死に水をとっていただけるのですがね」

「雁右衛門さん、違う世などと未練なことを言うな。この世に未練があるなら……」

安宅は左手で撃鉄を起こした。

右半身の体勢で右腕をのばし、川下へとだいぶ流された枯れ木に、かまえた短銃の狙いを定めた。即座に、
かちっ、しゅっ、どおん……

と、銃口から白い煙を噴き、凄まじい銃声が静寂を引き裂いた。

川面に水飛沫が高々と上がった。

銃声がたちまちかき消え、枯れ木はただ川面にゆれていた。

「あっ」

と、雁右衛門が声をもらした。

「あの枯れ木のように、ゆるやかにどこまでも流れてゆけばよいのだ。あなたはわれらとは違う。あなたは、生きる術《すべ》を知っている」

安宅は流れてゆく枯れ木を見やり、淡々とした口調で言った。

雁右衛門は心を落ちつけた。

「未練があって申したのではありません。わたしは安宅さまとみなさまに、二度命を

助けられました。一度目は厚岸の沖で大竜巻に襲われ、船もろともに打ちくだかれたときでした。今でもはっきりと、あの恐怖を覚えています。わたしの身体は、猛《たけ》り狂う黒いうず巻きの中で、風に吹かれた木の葉も同然でした」

「あの竜巻は、そうだったな。白糠の海岸から見ていても、まさに、巨大な黒い竜のようだった。それも三体の竜だ。真ん中の一番巨大な竜が二つの竜をあとに従え、沖の豆粒ほどの船を追いかけているのが見えた」

「死んだと思ったのですがね。これが死なのだと」

安宅は雁右衛門へ向きなおり、雁右衛門と見つめ合った。

「あの日、ある意味ではわれらとあなたは運命の出会いをしたのかもしれぬ。わたしはあなたから譲り受けたこの銃で、十三年前、厚岸会所の吉岡栄太郎を斃した。そして仲間たちの眠る白糠を捨て、命からがら江戸へ戻り、あなたの元に身を寄せた。吉岡栄太郎殺しの疑いで追われる身となり故郷にすら帰れぬわれらを、あなたは匿《かくま》ってくれた。助けられたのはわれらだ」

「わが生涯をかけて、厚岸の海で助けていただいた恩を、おかえしいたすつもりでした。しかし人の世は恐ろしい。一寸先は闇《やみ》でございますな。抜け荷の罪に問われ、一代をかけて築き上げた竹村屋を潰《つぶ》され、何もかもを失って江戸を追われました。生ける屍となったわたしを、安宅さまとみなさまが、再び救ってくださいました。屍のわたしに、生きる望みを与えていただいたのです」

「生きる望みか。不思議だな。われらは明日すらを捨てて白糠を出た。われらが雁右衛門さんに与えた生きる望みに明日はない。あるのは、飢《う》えや、病気や、凍《こご》え死んでいった仲間らの無念だ。われらはただ、白糠の入植地で死んだ多くの仲間の無念を携《たずさ》え捨て石となったわれらの命の意味を求めて、十三年を生き長らえた。御公儀は八王子千人同心のえぞ地入植など、忘れさり、なかったことにしようとしているかだ。よかろう。そうしたければ好きにするがいい。わたしには、ようやく、生き長らえた命に区ぎりをつける機会が到来したのだからな」

安宅は短銃の銃身を握り締め、愛《いと》おしげに見つめた。

「区ぎりをつけるために長いときを待った。区ぎりをつければ、それ以上生き長らえる意味はわれらにはない。しかし雁右衛門さん……」

安宅は雁右衛門へ背を向け、川面を見やった。

西の果ての空が赤く燃え、浅川の川岸に暮色が濃くなっていた。

燃える空高く、鳥の影が飛んでいた。

「あなたは違う。あなたはまだ、引きかえすことができる。引きかえしたらいい。われらは、厚岸で吉岡栄太郎を斃し白糠を捨てたときから、引きかえす道を断ったのだ。それがみなの総意だった。十三年がたって、この銃が宮島泰之進の額《ひたい》を撃ち抜いた。残るはひとり。最後のひとり……」

雁右衛門は川面を見つめる安宅の痩《や》せた背へ、慈愛のこもった目を投げた。

「無念であれ武士の誉れであれ、それが命を支えてくれましたのは、わたしも同じでございますよ。わたしは、安宅さまとみなさまのお手伝いをいたすことで、わが恨み、わが無念をはらせるのでございます。白柳屋文治としてみなさまと志《こころざし》をひとつにして生きたこの十年、面白い十年でございました。わが無念が愛おしくすら思えるほどにでございます」

ふふ、ふふふ……

安宅が雁右衛門へふりかえり、寂《さび》しげに笑った。

「厚岸の海でのあなたとの出会いを、まるで誰かが仕組んだような、われらが共に事をなすために出会ったような、そんな気がしている。雁右衛門さん、これが運命ならば今少し、共にいくかね」

「よろしゅうございますとも。竹村屋雁右衛門、安宅さまとみなさま方の御用達《ごようたし》商人として、地獄の果てまで、お供いたします」

三

同じ夕刻、渋井鬼三次は南八丁堀の煮売屋の、入れ床に藺《い》の円座を敷いた席に着き、南町奉行所年寄並同心・笹山壮平《ささやまそうへい》と向き合っていた。

熱燗《あつかん》のちろりよりのぼる薄い湯気が柱行灯《はしらあんどん》の薄明かりに映《は》え、甘辛い煮物の匂いが狭い店土間にたちこめていた。

まだ客がたてこむ刻限ではなく、人影は衝立《ついたて》に囲われた壁ぎわの席や毛氈《もうせん》を敷いた長腰掛の席にちらほらだったが、みな渋井らと同じ定服《じょうふく》の同心だった。

南八丁堀のこの古びた煮売屋は、主に南町の同心らが勤め帰りにちょいと引っかけに寄り、酒を呑み煮物を突《つつ》きながら世情の動きや町の噂や評判を交換し合い、愚痴をこぼして憂《う》さをはらす、そういう小店だった。

南町の同心のほかに同心の使う手先や、「じつはね、旦那……」と、差し口などを小銭《こぜに》目あてに流すしけた地廻り連中もまじることは、むろんある。

渋井は笹山の猪口《ちょこ》にちろりを差し、

「しかし雁右衛門が、ひとつ間違えば死罪になる国禁を破ってまで、抜け荷に手を染めていった事情はなんだったんでやすかねえ」

と、笹山に話を促《うなが》した。

「さあ。それだけ儲《もう》けが半端《はんぱ》じゃあなかったってえことかね。商いのことはよくわからねえが、ひと船の抜け荷で千両を超える儲けが出たって噂を聞いたことがある」

笹山は猪口を、きゅっ、と音をたててあおった。

「お店《たな》も財産も没収どころじゃねえ。ときの御老中・奥平さまのお口添えがなきゃあ雁右衛門の首はつながっていなかった。そんな危ない橋を渡る意味がねえと、本材木町の檜屋の主人は言っておりやした」

渋井は自分の猪口に酒を満たし、ひと舐めした。そして続けた。

「儲かっていなかったのなら、一《いち》か八《ばち》か、やってみる手はあるかもしれねえ。えぞ交易をしている商人は、表だってじゃねえが、たいてい抜け荷の噂や評判は耳にするそうでやすからねえ。相手は、むろん赤えぞのロシアだ」

「ふうむ。やつら、国を開けと戦船《いくさぶね》で嚇《おど》してきやがった前歴があるからな」

笹山が大根の煮物を頬張《ほおば》った。

「材木問屋は、えぞの檜山から木《き》を伐り出して江戸か大坂へ運べば、飛ぶように売れる。しかもえぞは、木を伐り出しても伐り出しても手つかずの森や山が無尽蔵《むじんぞう》なんだそうで。それがなんで抜け荷なんだと、檜屋の主人はわからねえふうでやした」

「そりゃあまあ、檜屋も町方のおめえにはそう言ったかもしれねえ。だがな、商人には商人の、口には出さねえ思わくってえもんが存外あるんだよ、これが。町方のおれが言うのはなんなんだがな……」

と、笹山はいわくありげに店を見廻した。

「例えばだよ。もしもえぞ地の厚岸あたりで、まあ、箱館でも松前でもかまわねえんだが、長崎のおらんだや唐みてえに、ロシア相手の交易を、御公儀がお許しになったとしたらどうなる」

渋井は唇をへの字に結んだ。

「ねえわけじゃねえぜ。もう四十年前に、ときの御老中・田沼意次《たぬまおきつぐ》の旦那はえぞ地の御試《おためし》交易を始めたし、寛政の御改革の松平さまだって御救《おすくい》交易をえぞ地でやった。表向きの狙いはアイヌとの交易やらえぞ地のロシアからの防御やらだ。ただ、田沼さまも松平さまも本音では、ロシアとの直《じか》の交易を狙っていたってえ言うじゃねえか。むろんその狙いは上手《うま》く進まなかった」

「ロシアとの交易？　それは国を開くって意味でやすか」

「そうよ。国を開くのよ。手始めにえぞ地のロシアが相手だ。狙いの湊《みなと》は厚岸あたりだったそうだ」

「それで？」

渋井は八文字眉《はちもんじまゆ》をさらにひそめた。

「だからよ。ロシアとの交易をお許しになったらどうなる。それじゃあうちのお店が、ひとりの商人がひと儲けを狙って乗り出した。しかし相手は気心が知れねえし言葉だってわからねえし、一度だって酒を酌《く》み交《か》わしたことのねえ赤えぞだ。てめえの思わく通りに商いは進まねえ。ところがもうひとりの商人は、御公儀の目を盗んでそれまでにロシアとの交易、つまり抜け荷の危ない橋を渡っていたとしたらどうだ」

「そりゃあお許しが出たら、今度は御公儀の目を盗まずとも、表に出て堂々とロシアと商いを始めるでしょう」

「そうだろう。ってえことはだ、そこですでに差がついているってえ話になるじゃねえか。危ない橋を渡っていたからこそ、先んずれば則《すなわ》ち人を制するんだ。今日儲かったからって、同じ商いで明日も儲かるとは限らねえ。世間がどうなるか、商いの事情がどう変わるか、先を読んで手だてを講じておくのが一廉《ひとかど》の商人ってもんよ」

「だから竹村屋の雁右衛門は、抜け荷に手を染めていたってえ話で？」

「いやさ、檜屋の主人は口じゃあなんで抜け荷なんぞにと言いながら、雁右衛門が上手くいけばてめえもと、案外、腹の底じゃあ思っていたかもしれねえぜ」

笹山はくぐもった笑い声をたて、猪口をすすった。

「雁右衛門の抜け荷は、誰の訴えで露見したんでやすか」

「知らねえ」

笹山はすすった猪口を膳においた。渋井はその猪口にちろりを傾けつつ、

「誰かの訴えがあって、暴かれたんでしょう？」

と、笹山を上目遣《うわめづか》いに見た。

「例えば、松前のお奉行所にえぞ交易の商人から訴えがあったとか、抜け荷の一味からこっそり差し口があったとか」

「お奉行さまの命令とやらで、いきなり番方《ばんかた》が本材木町五丁目の竹村屋へ踏みこんだのさ。大した調べもなく、雁右衛門はその日のうちに牢《ろう》屋敷に入れられた。入牢証文《じゅろうせんぎしょ》がいるんだが、ちゃんとできている手廻しのよさだった。ひと月ばかりして詮議所の詮議が始まり、おれは十年前、詮議役の下役の同心で雁右衛門の詮議を見守った。大してむつかしい詮議じゃなかった。雁右衛門はひたすら畏《おそ》れ入っていただけだしな」

「雁右衛門が抜け荷に手を染めたきっかけは、なんだったんで？」

「よく覚えていねえ。どうせ、ありきたりなきっかけさ。東えぞが松前領から府の仮

直轄地になる前だった。交易に出かけた北の果ての島の、コタンと呼ばれるアイヌの村でロシア人と遇《あ》った。それから商いが始まった。それだけさ。松前領のころだから、抜け荷ったたって監視の目は届くわけがねえ。だいたい、松前家さえがロシアとの密約の噂があったくらいだしよ」

「雁右衛門が捕まったのは文化九年でやしたね」

「ふん。春の初めだ。竹村屋おとり潰し、家財没収、主人・雁右衛門は江戸追放の裁断が出たときはもう秋になっていた」

「雁右衛門はその年まで、抜け荷を続けていたんでやすか」

「そうじゃねえ。雁右衛門はもう五十をすぎていた。自らえぞ地へ乗りこんで、という歳でもなかった。文化四年にえぞ地のすべてが松前領から幕領になって、とり締《し》まりが厳しくなり、それ以降、抜け荷から手を引いた」

「文化四年から文化九年……五、六年もたって捕縛たあ、ずいぶん間がありやすね」

「まあな。だが抜け荷はお上の大罪だ。五年たとうが十年たとうが、大罪を犯したやつはひっ捕らえるさ。ただ……」

笹山が煮売屋の煤《すす》けた天井を仰《あお》いで、考えた。

ただ？――と、渋井は訊《き》きかえし、笹山の猪口に酌《しゃく》をした。

「これはさる筋からの、ただの噂だぜ。その噂によるとだ、雁右衛門の抜け荷の一件は、御老中さまよりお奉行さまに直々《じきじき》のお指図があったらしい。竹村屋の雁右衛門をとり調べよ、とな。なんでそんなお指図があったかというとな……」

笹山は猪口をあおり、漬物の沢庵《たくあん》をぱりぱりとかじった。

「さっき渋井が言った竹村屋雁右衛門が御用達商人を務めていた奥平家の、当時御当主だった純明さまだがよ。純明さまは、そのころ御老中役だった。当然、それは知っているな」

「そりゃあもう。当時、奥平家御当主の純明さまは、一代で竹村屋を築き上げた雁右衛門の商人の腕を高く買っていたと、檜屋の主人から聞きやした」

「じゃあ、奥平純明さまが寛政の御改革の折り、松平定信さまの右腕としてお働きになったお方だってえのは？」

「わたしらは餓鬼《がき》でしたが、奥平純明さまはきれ者と、餓鬼の間でも純明さまの評判は伝わっておりやした」

「なら話は早《はえ》え。寛政の御改革は松平定信さまが御老中をお退きになったあと、奥平さまが中心になって推し進められた。東えぞを松前領から幕府の仮直轄地にした施策も奥平さまのお指図で行われた」

渋井は、八王子千人同心のえぞ地入植もそのころだった話を、先だって高嶋数好の訊きとりで知ったことを腹の底で反芻《はんすう》した。

「ところが、奥平さまがいくらきれ者でも御改革はあんまり人気がなかった。風紀の厳しいとり締まりやらご倹約やらで、景気もぱっとしねえ。御老中役に御改革への反対勢力が多数を占め御改革は進まず、奥平さまは享和三年（一八〇三年）に御老中職を退かれた。で、景気のいい文化の御世《みよ》になったってわけさ。ところが文化三年、えぞ地の松前領でロシア、つまり赤えぞの狼藉《ろうぜき》が頻繁《ひんぱん》に起こって、松前家には手に負えなくなっていた」

渋井の酌が続いた。

「そこで、えぞ地の施策や寛政のころにえぞ地へ現われたロシア皇帝の使節とやらの交渉事を仕きった奥平純明さまに、再び御老中役が廻ってきた。すなわち、きれ者で評判が高く、殊に上さまのご信任が厚い奥平純明さまに命ぜよ、ということになった。その結果、奥平純明さまの指導の下、文化四年には松前領の全えぞ地を幕領とする施策が決められた」

笹山はひと息に乾した猪口を渋井に差し出し、ふん、と鼻を鳴らした。

渋井はすかさずちろりを傾けた。

「ただそうなると、御改革反対派の御老中さま方は面白くない。せっかく世の景気が戻ってきたのに、また財政の緊縮を図って奢侈《しゃし》を禁ずるわ札差《ふださし》に棄捐令《きえんれい》を出すわの御改革の続きをやられちゃあ、景気が冷えこんじまう。上さまのご信任厚かろうとここはちょいと釘《くぎ》を刺しておかなきゃならねえ、なんぞ奥平純明さまの瑕疵《かし》になる事はねえかと探ったら、見つかったね。それが竹村屋雁右衛門のえぞ地での抜け荷さ」

「五、六年以上前の雁右衛門の抜け荷が露見したってわけでやすか」

「そういうこと。御老中職にある大名のお家が御用達商人の犯していた国禁の大罪に気づかなかったとは、なんたる不始末、なんたる手抜かり、これは厳しく断罪せねばなりませんな、という事態になった」

「奥平純明さまのお立場は、損《そこ》なわれたんでしょうな」

「面目《めんぼく》丸つぶれ、飼い犬に手を噛《か》まれたも同然さ。それでも奥平さまは竹村屋を最後まで庇われた。渋井の知っての通り、竹村屋のおとり潰しに財産没収、江戸追放の裁断にはなったものの、せめて命だけはお見逃しを、ということで雁右衛門の首はつながった。よっぽど雁右衛門を可愛《かわい》がっていたんだろうね」

「竹村屋が奥平家のお台所事情を、だいぶ面倒を見ていたようです」

「そりゃそうだ。そうでもなきゃあな。近ごろはお大名もやりくりが大変だから」

ちろりが空《から》になった。

酒を頼む――と、竈《かまど》のそばの亭主にちろりを掲《かか》げて見せた。

「けど、面目はつぶれても、奥平さまは御老中職をとかれなかったんですね」

渋井は向きなおって言った。

「そこがきれ者の奥平純明さまさ。上さまがお許しにならなかった。折りしも、ロシアとのもめ事が続いていたさ中で、そのうえ、イギリス船がえぞに現われたりしていたころだった。純明以外にこの難局を誰が乗りきれる、てなもんさ。結局、奥平さまが御老中職を辞されたのは、ロシアとのもめ事が収まって、これでまあえぞは大丈夫という文化の終わりごろになってからだった」

奥平純明は、老中職を辞すと共に奥平家の家督をも倅に譲って隠居の身になった。

亭主が「へえ、どうぞ」と新しい熱燗のちろりを運んできた。

五人連れの南町の同心が賑やかに入ってきた。

「いらっしゃいやし」

亭主が戻っていき、笹山は五人連れを見やって会釈を送った。中に渋井を見知っている同心がいて、

「よう、《鬼しぶ》、また手柄話を嗅《か》ぎつけたのかい」

と、離れた席へつきながらからかった。

よせよ、というふうに渋井は顔をゆるませて手をふった。

しかしすぐに元の渋面に戻り、笹山の猪口に新しい酒をついだ。

「雁右衛門に異国の血のまじったえれえ美人の女房がいた話は、ご存じでやすか」

「知ってるよ。噂じゃあ、和人《わじん》の女とロシアの水軍の組頭の子らしいな。とてつもねえべっぴんと聞いていたが、雁右衛門がお店の奥に囲って表に出さねえという噂で、おれも本人は見たことはねえんだ。渋井だって、噂ぐらいは聞いていたろう」

「間抜けな話ですが、雁右衛門の一件は南町の掛《かかり》だったもんで、抜け荷で甘い汁を吸いやがって、としか気にかけやせんでした。そういう輩《やから》はたいてい、化粧こってりのべっぴんを女房にしていやがると思ったぐらいで、異国の血のまじった女房とは知りやせんでした」

「てめえの手柄話以外は、どうでもよかったってえか」

「皮肉はやめてくださいよ。迂闊《うかつ》な男なんですから」

「ふふ……で、そのべっぴんの女房がどうした」

「いえね。女房が竹村屋に引きとられてきたのが、十歳ぐらいのころでやした。雁右衛門は引きとった経緯《いきさつ》を人に語りやせんでした。けど、えぞの誰ぞから引きとってきたことは間違いねえ。その子を引きとって育て、年ごろになってからてめえの女房にした。その事と雁右衛門の抜け荷とが、かかわりがあるんじゃねえかと、檜屋の主人らは噂をしていたそうでやす。詮議所ではその点を問い質《ただ》したんでやすか」

「問い質しちゃいねえ。ただ、抜け荷の罪を犯したかどうか、それだけだ。だからおれは知らねえ。そうかもしれねえがな」

「ほお……」

妙だな、と渋井は思った。なぜ問い質さない。それぐらいの疑いすら抱かなかったということか。渋井は問いを変えた。

「これも檜屋の主人から聞いた話ですが、雁右衛門は捕縛される前、てめえの女房を咎《とが》めから逃れさせるためにか、奥平家の奥女中に差し出したそうでやす。けど、商人が罪を犯してお店のおとり潰しに家財没収、江戸追放の罪を受けたら、間違いなく女房も同罪が定法《じょうほう》ですよ。それがどういうわけで、その異国の血を引いた女房には咎めがおよばなかったんでやすか」

「女房が奥平純明さまの御側室に入ったのは、知っているかい」

「知っていやす。だからよけい妙だ。御老中役を務める大名のお家が、罪を犯した商人の女房を奥女中に上がらせたのみならず、御当主の御側室にまでお入れになった。

いくら異国の血を引いた飛びきりのべっぴんだからって、大名のお家にそんなことが許されるんでやすか。詮議所もそれを見逃した。奥平純明さまのお口添えがあって亭主女房共に打ち首をまぬがれ江戸追放、それが順当なご裁断じゃねえんでやすか」

「確かに妙だ。だが、詮議所ではいっさい女房の話は出なかった。奥平純明さまに、あんまり尖《とんが》るんじゃねえぞ、と釘を刺すのが狙いだったから、御側室に入れたんなら女房までは咎めまい、ということに決まったんじゃねえか。何しろ、虫が好かなくとも上さまのご信任の厚い奥平さまのことだからよ」

笹山の答えは、渋井の腑に落ちなかった。

御老中役の奥平純明に釘を刺すのが狙いで、奥平家御用達商人・竹村屋雁右衛門のずいぶん昔の抜け荷の大罪を探り出し断罪に処したにしては、厳しくもあり、手ぬるくもあり、どこかちぐはぐだった。

「雁右衛門が抜け荷に手を染めたのは、東えぞが松前領から幕府の仮直轄地になる前でしたね」

「ふむ。よく覚えていねえが、そうだったと思う」

「雁右衛門が本材木町の吉井屋を買いとり、名実ともに竹村屋が材木問屋として大店になる道を進み始め、同時に御用達材木商として奥平家にお出入りを許され、奥平純明さまとのかかわりを深めていったのも、幕府の仮直轄地になる前でやしたね……」

「ぐふふ……渋井、昔のことだ。今さら、どうでもいいじゃねえか」

笹山が猪口にあふれそうになった酒を、「おとと」と言って、唇を尖《とが》らせすすった。

五人連れの同心らが、向こうの席でどっと笑い声をたてた。

「へえ、いらっしゃいやし」

亭主が新しい客に威勢よく言った。

妙だな、とまた渋井は思った。

なんか妙だ。まさかまさかじゃねえだろうな……。

渋井の脳裡《のうり》にまとまりのつかない疑念が、交錯《こうさく》した。

第四章　野駆け

一

野駆けのその日、薄日の差す師走《しわす》の寒い朝を迎えた。

表門から敷石を隔《へだ》てた玄関式台前に集められた八頭の馬は、前輪後輪に鉄張りの覆《ふく》輪鞍《りんぐら》をつけ、革《かわ》の泥障《あおり》に鉄の鐙《あぶみ》をゆらし、敷石をかつかつと踏みながら、寒気の中へ白い息を盛んに吐いていた。

焦《こ》げ茶色の野羽織、野袴《のばかま》のお供の番頭《ばんがしら》に二人の番方《ばんかた》が、栗毛《くりげ》の馬の轡《くつわ》につけた革《かわ》紐《ひも》の手綱《たづな》をとり、葦毛《あしげ》が一頭に黒茶色や赤茶色の栗毛三頭の手綱を二人の中間《ちゅうげん》が牽《ひ》いて、玄関式台の傍《かたわ》らに居並んでいた。

間もなく、大殿さまと若さまの悠之進さまが野駆けの支度《したく》を整え、玄関にお出ましになるところだった。

葦毛は大殿さまが乗られ、若さまは葦毛に並んだ赤栗毛と思われた。

あとの二頭は今日の野駆けに従う御小姓《おこしよう》衆の馬だった。

市兵衛は三人の番方に並び、鼻息の荒い黒の栗毛の手綱をつかんで控えていた。

市兵衛の野羽織と野袴は、昨夜、小松雄之助の邸内居宅に呼ばれ、今日の野駆けの供を命じられたときに、これを使えと渡された衣裳《いしよう》だった。

「わたしの若いときの羽織袴だ。国元の倅《せがれ》もいらぬというた古い物だが、捨てるのはもったいなくてな」

小松は、この拵《こしら》えで大殿さまに従って野を駆けた若きころを愉快げに語り、

「市兵衛が使ってくれると嬉《うれ》しい」

と言った。

「では、あり難くお借りいたします」

市兵衛はにっこり笑って答えた。

「明日の野駆けは、大殿さまが悠之進さまをお連れすることになった。悠之進さまはようやく馬に乗れるようになられ、ご自分も野駆けにどうしてもいきたいと言われたのだ。大殿さまは六十をすぎてなおあのご気性《きしよう》であるゆえ、えらく喜ばれてな。悠之

進さまもご一緒されることになったところが、お露さまがとてもご心配なされた。それならば市兵衛を供にお命じくだされ、と申された」

小松はそう言って、くすくすと笑った。

「お露さまは、市兵衛の剣の腕や馬に乗れるかどうかをご存じないのに、そう言われたのだ。おぬしが馬に乗れてよかった。不思議なものだ。御小姓衆や番方がお供をするし、大殿さまはよく野駆けをなさるので、ご心配なさることはないのだが、なぜかみながおぬしがいると安心するのかな。このごろ、よくおぬしの名を邸内で聞く」

「畏《おそ》れ入ります」

「畏れ入らなくともよい。ともかく、お露さまのお望みゆえ、市兵衛にお供が命ぜられた。御小姓衆も番方も心得ておるので、若さまに特段の気遣《きづか》いはないにしても、おぬしは若さまを最優先と心得て警護にあたってくれ。よいな」

「承知いたしました」

市兵衛は、ふと、ご懸念をなさるような事態があるのかと気を廻《まわ》したが、まずは若さまの警護のことだけを考えることにした。

市兵衛の馬が鼻息を鳴らし、蹄《ひづめ》を踏み鳴らした。

早く、早く、とせっつくかのように首をふった。

市兵衛は手綱を強く引き、馬を落ちつかせるために首筋を撫《な》でた。

「どうどう、落ちつけ。いい子だ」

手綱を強く押さえられ、馬は不満そうに蹄をかいた。すると、二人の番方のうちのひとりが顔をゆるませて言った。

「今日は殊《こと》に聞き分けがよくないのう。この馬は歳《とし》が若くて落ちつきがのうて、少々気も荒いのだ」

隣の番方が、それを受けて続けた。

「そうよ。そいつは日ごろの調教が必要なのだが、われらではきつくてな。唐木なら歳が若いし腕っ節が強いと評判だから、よかろうと思うたのだ。おぬしの馬はそいつにした。頼むぞ」

二人は、ふぁふぁふぁ……と市兵衛をからかうように笑った。

番頭は六十近いし、この二人の番方も五十は幾《いく》つか廻《まわ》っている歳に見えた。

「さようですか。お心遣い、礼を申します」

市兵衛は二人に負けないくらい楽しそうに笑《え》みを作って応じた。そのとき、

「おっ」

と、番頭が前方を見てもらした。

玄関前のみなが内塀の門の方へ向き、一斉《いっせい》に片膝《かたひざ》を折った。

お露さまが奥女中の牧野と広川、姫さまを抱いた松代を従え、表玄関前へお見送りに出てこられたのだった。

お女中方の後ろに、裃《かみしも》姿の小松雄之助と物頭《ものがしら》役の若い小木曾考左衛門がつき従っていた。

奥向きのお方さまの玄関までのお見送りは、儀礼にないことである。お露さまは若さまの野駆けがそれほど気がかりなのだろう。

みなを見廻し、それから後ろに従う小松へ小さく頷《うなず》いた。

「みなの衆、気をつけられてな」

小松がお露さまに代わって、穏《おだ》やかな口調で言った。

玄関に二人の御小姓衆が足早に現われ、「お出ましです」と声を響かせた。

二人は式台へ下り、跪《ひざまず》いた。

御小姓衆も同じ野羽織野袴の扮装《ふんそう》である。

すぐに大殿さまと若さまが現われた。

大殿さまは紫がかった臙脂《えんじ》の羽織に濃い鼠《ねずみ》の袴、若さまは縹《はなだ》色の小袖《こそで》に袖なしの朱の陣羽織を羽織り、裾絞《すそしぼ》りにした紺《こん》袴へ行縢《むかばき》をつけ、手に手袋と弽《ゆがけ》をはめ、塗鞭《ぬりむち》を手首に提《さ》げた武者人形のような扮装だった。

お女中方は若さまの扮装の可愛《かわい》らしさに、華《はな》やいだ歓声を上げた。

大殿さまの若さまを見下ろす目が、心なしか誇らしげに微笑《ほほえ》んでいる。

「みな、お支度を」

御小姓衆のひと声で一斉に体を起こし、笠をつけた。

黒漆《くろうるし》の塗り笠をかぶった大殿さまは、若さまの笠の顎紐《あごひも》やかぶり具合をなおし、笠を軽く叩《たた》いて、よしよし、と頷いた。十一歳の倅と共に初めて野駆けに出るのが嬉しくてならない、そんな父親の風情《ふぜい》にあふれていた。

式台を下りてすぐに乗馬になり、みなが続いた。

大殿さまの指示により、若さまは御小姓衆の介添《かいぞ》えで葦毛に乗った。

若さまに葦毛を譲られたらしい。

赤栗毛に乗った大殿さまは、お露さまの傍らへ若さまと共に馬を進め、にこやかに見下ろしてひと言二言声をかけた。

そうして、松代の抱いた姫さまの白く丸い頬《ほお》を撫でた。

お露さまは、大殿さまの隣《となり》で若さまが懸命に手綱をとる様子を気遣っている。

市兵衛の乗った黒の栗毛は、荒々しく首をふり、白い鼻息を吐き、真っ先に駆け出しそうな昂《たかぶ》りだった。

「いい子だ、いい子だ」

と、市兵衛が手綱を緩《ゆる》めずなだめていると、「出《しゅっ》たあつ」の声と共に、先導する御小姓衆の馬が敷石を鳴らして早くも表門へ進んだ。

続いて大殿さま、若さま、後ろにもうひとりの御小姓衆、番頭、番方の二人の順のあと、市兵衛が最後尾についた。

「さあ、いこう」

市兵衛は手綱を緩め、鐙を強く踏んで馬の胴を締《し》めつけるように蹴《け》った。

かかあん、と馬の蹄が敷石に鳴った。

表門の番人が八の字に開いた門扉の外へ、先にゆく騎馬が次々と出ていく。

「市兵衛っ」

追いかける市兵衛を小松が呼び止めた。

市兵衛は気のはやる馬を巧《たく》みに廻した。

お露さまと目が合い、笠の縁《ふち》を押さえ黙礼した。

無礼にも黒の栗毛は荒っぽい鼻息を鳴らしている。

「若さまのことを、くれぐれも頼んだぞ」

小松が言い、従う小木曾が型通りに声をかけた。

「唐木、粗相のないように」

「お任せを」

市兵衛は馬を廻しながら、お露さまが会釈《えしゃく》するのを認めた。

松代の腕の中の姫さまが、愛くるしい笑顔で市兵衛に手をふっていた。

先の騎馬はすでに門を出て、蹄の音だけが表の通りに響いていた。

市兵衛は速歩《そくほ》に進めて表門を出て、先をゆく騎馬を追った。

騎馬に追いついた市兵衛に番方のひとりがふりかえり、

「唐木、やるのう」

と愉快そうに言った。

「もっと手こずると思うたのにな。ふぁふぁふぁ……」

「気性は荒いですが、なかなかよく走りそうです」

市兵衛は手綱を引いて、番方を追いこしそうな馬の鼻息を抑えた。

一行は駒込の通りへ出て、上富士前《かみふじまえ》町と武家屋敷の間を一旦王子《おうじ》方面へとった。

すぐに左へ折れて、松平家と藤堂《とうどう》家の下屋敷の間の、杉の樹林が続く道を中山道の巣鴨町方面へと八騎の常歩《なみあし》を鳴り響かせた。

巣鴨町よりは中山道を西に下板橋宿へ、江戸六地蔵真性寺《しんしょう》、王子道と分かれる庚《こう》申《しん》塚、平尾《ひらお》町とすぎ、下板橋宿の中宿から南へ上板橋村へと向かう道順である。

上板橋村よりは上板橋道が川越へ続いている。

上板橋村までは常歩だったが、村をすぎてから速歩で進み、八騎の蹄が朝の寒気の中に高らかに鳴った。

白く覆う雲をすかして、薄日が街道へ淡く落ちている。

道は田面《たづら》の間をゆるやかにくねってのび、百姓家が防風の樹林を背に数軒ずつが固まって見え、のどかな村の風景が広がっていた。

ところどころに葉を落とした栗林やくぬぎ林が散在し、道端の榎《えのき》やとちの木、欅《けやき》の樹林にまじって松やさかきの木々がくすんだ田園に緑を添えていた。

途中、百頭を超える馬を引き連れた馬子《まご》らといき合い、このときは延々と続く土煙が堪《たま》らず、駆歩《くほ》で走り抜けた。

大殿さまは野の風景や土地の醸《かも》す息遣いや息吹《いぶ》きに触れるのが愉快らしく、六十をすぎてなお若き侍のように潑剌《はつらつ》として見えた。

後ろの若さまは、速歩にも駆歩にも懸命についていき、しばしば気遣う大殿さまを喜ばせた。

下練馬村から街道をはずれ、上練馬村への野道をとった。

野道の両側には、大根畑や桑畑がつらなっていて、道は谷地田《やちだ》に沿ってくだったりのぼったりしながら西へくねり、石神井村の方面へ続いている。

やがて道の片側が雑木林《ぞうきばやし》の丘陵地《きゅうりょう》になっているところへきて、大殿さまは速歩を止め、みなを見廻した。馬がいななき、前足を撥《は》ねるのを抑えつつ、

「これよりこの丘を一気に駆け上がる。みな遅れるな」

と、意気盛んに励ました。

大殿さまの野駆けに従い慣れている番方や御小姓衆は、

「おおっ」

と、声をそろえて応じた。

若さまが「はっ」と丘陵地を見上げたのに、大殿さまは破顔して言った。

「悠之進、手綱をしっかり握り、自ら馬と共に坂を駆け上がる気がまえで馬を追うのだ。馬は乗り手の意図がわかれば、この丘どころか天まで駆け上がるぞ。よいな」

「はいっ」

若さまが昂揚《こうよう》して返事をする。

「ならば、それっ」

大殿さまが真っ先に丘陵地を駆け上がり始めた。

一騎の御小姓衆と番頭、番方の二騎がそれに続いて、丘陵地を埋める雑木林の枯れ葉を蹴散らした。

若さまの馬はもうひとりの御小姓衆が並びかけて轡をとり、丘陵地の地形を知らぬ若さまを先導した。

市兵衛の黒栗毛は忙《せわ》しなく鼻息を鳴らし、若さまの馬の後ろに従って丘陵地を駆け上がった。

力強く荒々しい駆歩の下で、枯れ葉が飛び散り、枯れ木が踏み折れ、黒い土が跳ね上がった。後ろへ後ろへと走る葉を落とした雑木林の上空は、雲がきれ、薄《うっす》らと青みがかっていた。

なだらかだったり急だったりした丘陵地が最後の坂道をのぼりきると、木々に囲まれた小広い草地に出た。

大殿さまと御小姓衆、番頭、番方の五騎が、若さまの馬がのぼりきるのを待っていた。

丘陵地をのぼりきった馬も人も、荒い息をついている。

「悠之進、よくやった。どうだ、なんと晴れ晴れとした気分ではないか」

「はいっ。晴ればれとした気分です」

若さまは息をつきながら、懸命に答えた。

あっはっは……と、大殿さまは笑い、

「どうだ、市兵衛。わが倅、大したものだろう」

と、その日初めて市兵衛に声をかけた。

「まことに。お見事でございます」

市兵衛は黒栗毛の首筋を叩きつつ言った。

小広い草地から少しくだったところを、狭い坂道が大きく折れ曲がって谷地田へくだっていて、谷地田の野面の彼方《かなた》に森や丘陵地、水路や溜池《ためいけ》、田面の折り重なった先に百姓家の屋根屋根がつらなる集落が眺められた。

大殿さまは馬上にのび上がって鞭で指し示し、若さまに言った。

「悠之進、彼方の集落が下石神井村だ。森に隠れて見えぬが、あの方角に三宝寺《さんぼうじ》池がある。武蔵らしきよき土地だ。下石神井村に父の親しき名主がおる。そこで昼の休息をとる。もう半刻《はんとき》（約一時間）はかからぬ。くだりも同じ、馬と共にくだるのだ。のぼりよりくだりの方が難しい。慎重についてくるのだぞ」

「はいっ。父上のあとを慎重についてまいります」

「ふむ。みな、ゆくぞ」

どうどう——と、大殿さまはまたしても真っ先に馬を進めた。

二

江古田村江古田川に、荷車が楽に渡れるほどの欄干《らんかん》もない反《そ》り橋が架《か》かっていた。

その西詰の橋下に、川縁《かわべり》の枯れ蘆《あし》にまぎれて行商風体《ふうてい》の十数人の男らが物憂《ものう》げにたむろしていた。

男らは険《けわ》しい顔つきで、ほとんど声もなく何かを待っているかのようだった。

みな莫蓙《ござ》でくるんだ得物《えもの》を腕に抱えたり、膝の上に載せたりしていた。

水辺の水草の間でくいながが、くっくっ、とときおり鳴き声を上げた。

昼はだいぶ前にすぎ、朝は薄曇りだった空から冬ののどかな日が差していた。

稀《まれ》に、橋を渡る足音が川辺を騒がすものの、集落からはずれたこのあたりに人影はなく、気《け》だるげな午後の静寂がたちこめていた。

と、そこへ、ざざ、と枯れ蘆を鳴らして新たに行商風体の男がひとり、川縁へ下りてきた。

男も行商風体の背に担《かつ》いだ葛籠《つづら》に、莫蓙にくるんだ得物をくりつけている。橋の下にたむろした男らの中を小さな声をかけつつ通って、頭《かしら》だった行商風体の前に背をかがめて片膝をついた。

「安宅さん、遅れて申しわけありません」

「おう、下条、長い間ご苦労だった。いよいよだ」

と、安宅猪史郎が言った。

安宅の隣の大竹鎌七郎《かましちろう》が下条甲八に質《ただ》した。

「小島《こじま》らはどうした。遅れるのか」

「それが……」

下条がうな垂《だ》れた。

「刻限になっても言い交わした場所に現われず、間に合わなくなってはと思い、ひとりでまいりました。おそらく、仲間を抜けたのではないかと」

「小島がか。平尾九馬《ひらおきゅうま》と太田孫次郎《おおたまごじろう》は」

「三人ともにです」

くそ、怖気《おじけ》づいたか――と、大竹がうめいた。

周りの男たちが「どうした」と集まってきて、ひそひそと言葉を交わした。

「残念です。えぞへ渡って足かけ二十三年。親兄弟よりも強い絆《きずな》で共に今日まできたのに、なんで今さら」

下条が唇を咬《か》んだ。

下条甲八は、奥平家下屋敷に半季の中間奉公に雇われ、奥平純明の動向を探っていた安宅らの仲間である。

純明の今日の野駆けをつかんで、前もって知らせたのは下条甲八だった。

周りの男らの間に溜息がもれた。すると安宅が、

「ここで消沈してなんとする。脱落したのはわずかに三名。これだけの人数がよくも今日まで残った。大したものではないか」

と、みなを励ました。

「十三年前、生き残った者と白糠を捨てたとき、わたしはいずれ、もっと多くの者が脱落するだろうと思っていた。わたしを入れ、多くて二、三人が残ればいいと思っていたくらいだ」

男らは強く頷《うなず》いた。

「抜けたのは、二十一名の中の小島と太田と平尾の三人だけだ。残っている者でやるのだ。三人が八王子へ戻るも戻らぬも、放っておけばいい」

「そうだ。これだけいれば人数に不足はない」

大竹が決意をこめて言った。

「それより下条、奥平純明の一行は当初の通り、六名で変わらずか」

「いえ、じつは昨夜、急に決まったそうなのですが、今日の野駆けに奥平純明の十一歳の倅をともなっていくことになり、それで邸内の見廻り番に今月になって雇われた唐木市兵衛という渡り者が、新たに供を命ぜられております」

「悠之進という倅と、唐木市兵衛という渡り者がか」

「さようです」

「渡り者は腕利きらしいな」

誰かが下条に訊いた。

「強いという評判だ。しかし、本当に強いかどうか、おれは見たことがないので知らぬ。ただ……」

「ただ、どうした」

大竹が訊きかえした。

「唐木市兵衛という男、渡り者にしては邸内の評判がいいのです」

「評判がよかろうと悪かろうと、金で動く、所詮《しょせん》、渡り者だろう」

「それはそうなのですが、妙に、みなに好かれております」

「金で動く者は金にならぬことはせぬ。われらとは違う。そうだよな、安宅さん」

安宅は黙って頷いた。

「十一歳の倅は、どうするのですか……」

男らの間から躊躇《ためら》いの声がもれた。

すると、安宅が声を抑えて言った。

「仕方があるまい。われらが今日まで耐えて余分に生きのびたのは、慈悲深い仏になるためではない。元より、成仏など望んでおらぬ。羅刹《らせつ》となって、冥界《めいかい》を流浪《るろう》することこそわが本望。倅に罪はないが、なすべきことをなさねばならぬ。十一歳であろうと赤子であろうと、今さら容赦《ようしゃ》はせん。白糠で朽《く》ち果てた仲間らの無念を思い、親子共々に討ち果たす」

抑えた声に激しさをこめ、安宅はみなを見廻した。

「家臣であれ使用人であれ、逃げる者は追うな。たとえ仲間が討たれても捨てておけ。仲間が討たれたなら、次に会うのは冥土でだ。お互いその覚悟で臨《のぞ》む。いいな」

「事がなり、い、生きのびた者は、どのようにすればいいのですか」

またひとりが言った。

「生きるも死ぬるも、それぞれの勝手だ」

「安宅さんは、どうするつもりですか」

「わたしか……」

安宅はそこで考えた。

「白糠に戻り、倒れた多くの仲間に事がなった報告をし、菩提《ぼだい》を弔《とむら》う。元々わたしは、御公儀が純明の失政を糾弾し、負うべき責めを下していれば、それを確かめたのち、白糠に戻るつもりだった。その先を考えたことはない。われらは老いた。たとえ今日を生きのびたとしても、どうせ長くは生きられぬ」

「そうか、白糠か」

「あの地獄の白糠か」

「白糠の入植に、わが老残の命を捧げるのか」

「安宅さん、わたしも生きのびたら白糠へ戻ります。連れていってください」

わたしも、おれも、おれも……と、男らが口々に言った。

そのとき、見張りに出ていたひとりが慌《あわ》てた様子で川縁へ下り立った。

「きた。純明の一行に間違いない。一行は全部で八名。中に子供がまじっている」

見張りが緊迫した口調で告げた。安宅が頷き、

「よし。この一撃で決める。すべては手筈《てはず》通りに」

と、川面へ低く声を響かせた。

みなが、ざざ、と枯れ蘆を鳴らして一斉に立ち上がった。

三

行商風体《ふうてい》らがひそんでいた江古田川に架《か》かる反《そ》り橋から、野道を西へ一町《ちょう》（約百九メートル）ほどいったそこは、集落のはずれの田んぼ道だった。

道の片側に大根畑やねぎ畑が続き、反対側には一間《けん》（約一・八メートル）足らずの用水路が流れている。

用水路の冬場の水流は少なく、枯れた水草の間から流れの底の土が見えていた。

その向こうは江古田村の鎮守《ちんじゅ》の神社の境内《けいだい》になっており、狭い境内と社《やしろ》を、椎《しい》や楠《くすの》木《き》、楢《なら》、櫟の古木が囲っていた。

水路には丸木橋が架かっていて、神社の裏手を廻っている田んぼ道からも境内へ入る小道があり、丸木橋をこえたところに小さな鳥居が建てられていた。

午後の日差しが、道の両側の大根畑やねぎ畑、また神社の木々に降り、木々の間で冬雀が日和《ひより》に誘われてさえずっていた。

菅笠《すげがさ》をかぶった百姓が、道端の畑にかがんでゆったりと畑作業をしている姿がちらほらと見えるばかりである。

やがて、その田んぼ道の彼方から馬蹄《ばてい》の轟《とどろ》きが聞こえてきた。

水路に沿った田んぼ道のずっと向こうに、騎馬の一行が見えた。

騎馬は速歩の蹄を乾いた田んぼ道に小気味よく響かせ、見る見る近づいてくる。

総勢は八騎で、中に子供らしき一騎がまじっていることが見分けられた。

奥平純明と倅の悠之進の、野駆けの一行だった。

ほどなく一行は、神社の杜《もり》が水路の片側につらなるあたりへ差しかかった。

先導役の御小姓衆の一騎に、大殿さま、若さま、御小姓衆、番頭、番方、と騎馬が続いて、最後尾が市兵衛の黒の栗毛という朝と同じ順だった。

大殿さまの後ろの若さまは、葦毛の手綱を懸命に引いている。

「馬を見るのではなく、前方を見、左右を見渡すのだ」

大殿さまが若さまへふりかえり、低く通る声をかけた。

畑で働いていた百姓らが作業の手を止め、立ち上がって腰を折るのが見えた。

百姓らはそれぞれの畑に、三人ばかりが散らばっていた。

不審な様子はなかった。

ただ、大根やねぎの収穫をしているふうでもなかったため、何をしているのだ、と市兵衛は何気なく思った。

畑の百姓から、ひと飛びで越えられるほどの狭い水路と、水路に沿った木々の間にのぞく神社の社殿の茅葺《かやぶき》屋根へ目を移した。

ふと、境内の杜の中に人影が見えた。

市兵衛は怪しまなかった。

村の鎮守の境内に人影があったとしても、怪しむに足りない。

だがそのとき、境内の木々の冬雀数羽が馬蹄の響きを恐れて飛びたった。

ちち、ちちち……ちち、ちち……

大殿さまが、数羽の雀の影を追って空を見上げた。

途端、どおん、と乾いた音が野面《のづら》にはじけた。

馬のいななきが続いて起こり、大殿さまの赤栗毛の速歩が乱れた。

赤栗毛は水路の方へよろけると、大きく前足を撥ね上げた。

いななきは悲鳴のように尾を引いた。

そして前足を高々と撥ね上げたまま、どおっ、と大殿さまもろ共に水路へ転落していった。

赤栗毛がひと回転して水飛沫《みずしぶき》と泥を散らし、大殿さまが水路に投げ出された。

「殿おっ」

叫び声が上がり、先導役と若さまの後ろの御小姓衆の二人、さらに番頭と番方の一騎が即座に馬を捨て、水路へ飛び下りた。

殿お、大殿さまあ……

四人が投げ出された大殿さまの方へ走る。

が、それより早く、境内の杜の木々の間より、菅笠をかぶった股引脚絆《ももひききゃはん》の旅姿の男らが手に手に長さ一間の八王子同心槍や白刃《はくじん》をかざして現われた。

男らは雄叫《おたけ》びを発して水路へばらばらと飛び下り、水飛沫と泥を撥ね上げ大殿さまへ襲いかかる。

起き上がろうとする大殿さまに真っ先に接近したひとりが素槍を突き入れ、続くひとりが斬りかかった。

そこへ間に合った御小姓衆が抜刀し、かろうじて素槍を撥ね上げたが、白刃の一撃を防ぎきれなかった。

大殿さまが起き上がったところへ、ひと太刀《たち》が肩先を打った。

「あう……」

肩を打たれた大殿さまはうめき、抜刀半《なか》ばの身体をひねって再び水路へ倒れた。

「それえっ」

と、男らが三方から囲んで大殿さまに襲いかかるのを、御小姓衆が身体ごと突っこみ、倒れた大殿さまの盾《たて》となって刀をふり廻し、叫んだ。

「殿っ、お逃げを」

しかし襲いかかる男らの勢いは凄《すさ》まじく、盾となった御小姓衆の腕にひとりが素槍を突き入れた。

「つう……」

腕を突かれた御小姓衆は、すかさず男の肩口へ一刀を浴びせた。

だが、それは近すぎて深手にはならない。

男と御小姓衆はつかみ合い、組み打ちになる。

しかし、御小姓衆は遮二無二《しゃにむに》押してくる男を腰ひねりに投げ捨て、すぐさま大殿さまへ襲いかかる今ひとりの肩先を薙《な》いだ。

男が肩を押さえ、はじかれるように身をよじり、流れの中に転倒する。

そこへ、水飛沫と泥を蹴散らし、さらにもうひとりが大殿さまに斬りかかった。

「慮外者《りょがいもの》っ」

御小姓衆が叫んだとき、今ひとりの御小姓衆がわきより身体ごとぶつかりつつ、渾《こん》身《しん》の一刀を男の菅笠へ見舞った。

見舞った太刀が男の菅笠を裂き、額《ひたい》を割った。

ところが男は瞬時も怯《ひる》まなかった。

顔をそむけながらもぶつかる御小姓衆を組み留め、逆に素槍を突きこんだ。

御小姓衆は男の腕をとって懸命に突きをまぬがれ、二人はつかみ合ったままくるくると廻り、支えきれずに横転した。

束《つか》の間《ま》の隙《すき》が生じ、大殿さまは肩先の疵《きず》もかまわず抜刀した刀を杖《つえ》に必死に身を起こした。

倒れた者らを飛びこえ追撃を止《や》めぬ男らから、大殿さまはよろけつつ逃れた。

けれども水路の泥に足をとられ、長くは走れなかった。

ひとりの槍が逃げる大殿さまの背中に刺さる。

突きは浅く、わずかに疵つけたのみだった。

反転し、男の槍を撥ね上げ、打ち払った。瞬間、

「お逃げをっ、お逃げをっ」

と、御小姓衆のひとりが叫んで大殿さまと男らの間へ割りこみ、刀をふり廻し、身を挺《てい》して追い討ちをはばんだ。

男らが割りこんだ御小姓衆を一気に押しつぶそうとするところへ、番頭と番方の加勢の逆襲が間に合った。

二人は男らの背後より、喚《わめ》きながら斬り廻った。

番頭と番方の逆襲に、束の間、男らの追撃が混乱を見せる。

二人が泥水にまみれてふり廻す撃刃《げきじん》を浴びた者が悲鳴を上げて転倒し、そうでない者も一旦退《ひ》かざるを得なかった。

だが、一旦退いた男らはすぐに体勢をたて直した。

「囲めえ。囲んで討てえっ」

と、今度は束《たば》になって二人に襲いかかる。

疵ついて水路に倒れた者もすぐに起き上がり、疵に怯むことなく番方へ斬りかかり、突きかかる。

得物を打ち合い、双方の罵声《ばせい》や喚き声が飛び交い、泥水と血にまみれた凄まじい乱戦になった。

六十近い番頭と五十すぎの番方は、泥に足をとられながらの乱戦にたちまち息がきれ、足が乱れてきた。

それでも御小姓衆へ「殿をお連れして逃げろっ」と喚き、くずれかかる体勢を必死で支え、男らと斬り結んだ。

しかし、追う男らは追撃をはばむ番頭と番方を押し包み、前後左右より容赦なく槍を突きたてた。

それをはじきかえし、身をくねらせて防ぎ、隙を見て斬りかかり押しかえすも、多勢に無勢《ぶぜい》、二人の動きは見る見る鈍《にぶ》っていく。

二人は手足や身体に幾つもの疵を受け、血をしたたらせ、ぜいぜいと呼吸を繰《く》りかえしつつ、最後はただ狂い廻るばかりになった。

が、同心槍のひと突きが、疲れきった番頭の脾腹《ひばら》を深々と貫《つらぬ》いた。

番頭の叫び声が上がり、番方が番頭へ向いた途端、その背中へも同心槍が、ずん、と突きたてられた。

ぐふっ、と息を吐いて身を反らせた胸へ、新たな槍が突きたった。

初めに番頭がくずれ、続いて番方の身体が水飛沫をたてて倒れた。

それでも二人の命を捨てた奮戦が、大殿さまが水路の先へ逃げる間と、疵ついてはいてもまだ戦える二人の御小姓衆が大殿さまの周りを固める間を作った。

大殿さまは刀を杖に懸命に走り、御小姓衆が左右を支えて逃げる前方の水路に丸木橋が架かっている。

そのとき、神社の境内より同心槍をかざした数名の新手が丸木橋に走り出てきたのが見えた。

新手は逃げる大殿さまを、前方より襲うかまえで次々と水路へ飛び下りてくる。

御小姓衆が前に立ちふさがった。

一方背後には番頭と番方を倒した追撃の者らが、手を緩めず迫っていた。

御小姓衆が前後に立ち、防戦のかまえをとる。

「奥平純明、覚悟っ」

真っ先に突進した男が叫んだ。

前と後ろ同時に束になって突きかかり、斬りかかってきた男らと御小姓衆が衝突した。だが、疲れきった御小姓衆はふせぐのが精一杯で、反撃する力はなかった。

大殿さまの進退は窮《きわ》まった。

大殿さまが赤栗毛もろ共水路へ転落し、御小姓衆と番方ら四人が馬を捨てて水路へ飛び下りたとき、市兵衛の黒栗毛は銃声に驚き、大きく前足を撥ね上げた。手綱を引き、黒馬を抑える束の間に、市兵衛は田んぼ道の中に葦毛に跨《また》がった若さまひとりが残されたのを認めた。

葦毛は先の銃声に驚き、また続いて傍らの水路で始まった激しい干戈《かんか》の音と男らの喚声に興奮し、抑えが利《き》かなくなっていた。

若さまは鐙を踏ん張って懸命に手綱を引いていたが、馬は激しくいななき、手綱を引きちぎらんばかりに首をふった。

十一歳の若さまの力では、まだ昂った馬を手綱で抑えることができなかった。

若さまを守るべく、もうひとりの番方が若さまのそばへ馬を走らせたのと、畑の百姓らが畝《うね》に隠した同心槍を拾い、馬上の若さまへ襲いかかるのが同時だった。

前足を大きく撥ね上げた昂奮《こうふん》を抑える瞬時、黒の栗毛の疾《しっ》駆が遅れた。

からら、と番方の栗毛の蹄が鳴った途端、同心槍のひと薙ぎが前足を折った。

栗毛はいななきと共に、前足を折って前のめりに突っこんだ。

後ろ足を宙へ舞わせ逆立って、馬上の番方を前方へ投げ出した。

「くわあっ」

番方は叫び、田んぼ道へ横転した。

馬を倒した百姓がすかさず番方に襲いかかった。

番方に起き上がる間はなかった。

尻餅《しりもち》をついた格好で抜刀した途端、同心槍が番方の脇腹に突きこまれた。

番方は脇腹に刺さった槍をつかみ、百姓の菅笠へひと太刀を浴びせた。

が、百姓はそうはさせず、番方の手を押さえる。そうしてのしかかるように、脇腹の槍をさらに突き入れにかかった。

刹那《せつな》、黒い影が蹄を鳴らし百姓の背後を走り抜けた。

百姓の菅笠が吹き飛び、太い首が両肩の間へぐにゃりと潰《つぶ》れた。

のしかかっていた力が抜け、百姓はべったりと尻を落とした。

番方の太刀が百姓の肩を打った瞬間、百姓の首筋の後ろから血が音をたてて噴《ふ》き出した。

それから何が起こったかに気づいた番方は、刹那に疾駆した黒の栗毛に白刃をかざして跨る唐木市兵衛に目を奪われた。

同心槍をかまえた二人の百姓が、葦毛の馬上で混乱している若さまに迫り、若さまへ突きかかった。

黒の栗毛は市兵衛の制御をとき放たれ、怒濤《どとう》のごとく疾駆し、そのひとりへ体当たりを喰らわせ、前足で蹴り上げる。

悲鳴が上がり、菅笠が飛び、折れた同心槍が風車みたいに宙を回転した。

前足に蹴り上げられた百姓の身体が水路を飛びこえ、鎮守の杜の下草の間へ突っこんだ。

黒栗毛は前足で空をかき、得意げにいないた。

「それっ」

市兵衛のひと声で黒栗毛は勇躍馬体を翻《ひるがえ》し、今ひとりへ猛然と向かっていく。

黒い馬体の突進に百姓は怯んだ。

馬上より打ち落とした市兵衛の一撃が、かざした同心槍を真っ二つにした。

瞬時をおかず斬り上げた一撃が、百姓の顎を斬り裂いた。

太刀は菅笠まで斬り上げた。

百姓は呆然《ぼうぜん》と空を見上げ、道端の大根畑へ仰向《あおむ》けにふわりと倒れていった。

黒栗毛が鼻息を鳴らし、反転する。

市兵衛は馬から飛び下り、若さまの興奮する葦毛の轡をとって押さえた。

「お怪我はありませぬか」

「市兵衛、怖い」

「気を確かに持たれよ。若さま、この手綱を」

市兵衛は励まし、黒の栗毛の手綱を若さまに握らせた。

「大殿さまをお連れいたす。大殿さまをこの馬にお乗せし、若さまが馬を牽いて退散なされよ。よろしいな」

「わ、わかった。市兵衛、父上が危ない」

傍《かたわ》らの水路では雄叫びと泥まみれの中、苛烈《かれつ》な斬り合いが続き、大殿さまと御小姓衆が最後のときへ追いつめられていた。

番頭と番方は、すでに力つき血まみれで倒れていた。

「唐木、若さまは任せろ。大殿さまを、お、お救いしてくれ」

腹から血を垂らした番方がよろけながら駆け寄り、片膝をついて喘《あえ》ぎ喘ぎ言った。

「すまん。お頼みいたす」

言い終わったとき、市兵衛はすでに水路へ身を躍《おど》らせ、大殿さまら三人を囲んで一気に押しつぶしにかかっていた男らへ突撃していた。

「ああ?」

と、男らが気づいたとき、右から左へと打ち落とした市兵衛の袈裟懸《けさが》けが、二人の男を一瞬で両わきへはじき飛ばした。

悲鳴が左右に起こり、すべての目が市兵衛に吸い寄せられた。

泥まみれの水飛沫の中から、突如、鬼人が現われたのごとくに異様な気配が水路に走った。

間髪《かんはつ》を容《い》れず、市兵衛の突撃は立ちはだかる男らをたちまち蹴散らした。

それまでの打ち合いとはまったく違う激烈な太刀さばきが男らを襲った。

男らは慌てた。そして混乱に見舞われた。

ある者は得物をはじき飛ばされ、またある者は叫びながら水路へ転がされた。

それでも何人かは市兵衛に逆襲をこころみたが、ひとりが腕を打たれ、さらにひとりが顔面を割られると、攻勢は急速に萎《な》えていった。

市兵衛は大殿さまと二人の御小姓衆のそばにつくと、三人を背にし、身がまえた。

男らは市兵衛を囲んでも、明らかに逡巡《しゅんじゅん》を見せた。

みな泥まみれで、激しく息を喘がせた。

命は捨てたつもりでも、われを忘れた乱戦の場で一瞬の怯みにとりつかれ、男らは攻めあぐねた。

「大殿さまはご無事か」

市兵衛は三人に背を向けたまま叫んだ。

「お怪我をなされた」

御小姓衆が喚いた。

「ここはそれがしが引き受けた。若さまが馬上でお待ちだ。大殿さまと若さまをお連れし、即刻退散なされよ」

「市兵衛……」

大殿さまの苦しげな声が聞こえた。

「即刻。ためらっている暇《ひま》はない。いかれよ」

市兵衛は背中へかえした。

「大殿さま、お早く」

「すまぬ」

御小姓衆らが大殿さまを堤上へ押し上げた。

だが、御小姓衆らも無疵ではない。

市兵衛はとり囲む男らの動きに備えつつ、大殿さまを背後から押し上げ、さらに御小姓衆らが道へ逃れるのを助けた。

「逃がすな。追えっ」

そのとき、囲みの中の頭だった男が叫んだ。

しかし、堤上へ逃れた大殿さまらへ追い打ちをかけようとする男らを、市兵衛はたちまち蹴散らした。

市兵衛が刀をかえし八相《はっそう》にとると、束の間、再び睨《にら》み合いになった。

追手は市兵衛の無言の圧力に勢いを失っていた。

「どけえっ」

頭だった男が言った。

市兵衛をとり囲んだ男らの一方が開かれた。

すると囲みの外に立ちはだかったその男が、市兵衛に狙いを定めて短銃をかまえていた。

左手で、がちゃ、と撃鉄を起こした。

一瞬、男のかまえた銃が火縄でないのがわかった。

あれは……

閃光《せんこう》のように、お露さまの青い目が市兵衛の脳裡《のうり》に走った。

男の怒声が市兵衛の閃光をかき消した。

「渡り者、おまえなどに用はない。去れ」

「わが務めを果たす」

市兵衛はひと声放ち、八相をさらに後ろへ落とし、膝を折った。

そのとき、大殿さまが跨った黒の栗毛の手綱を引いた若さまが、葦毛を駆って道に蹄の音を鳴り響かせた。

「くそおっ」

男の短銃が道を疾駆する二騎へ向けられた。

市兵衛はその一瞬、水路に落ちていた同心槍を拾うや否《いな》や、銃声よりも早く投げた。

市兵衛の槍は、それをよけた男の短銃の狙いをはずした。

どおん……

と、水路に銃声が鳴り響き、弾丸が田園の空をきり裂いた。

「ああっ」

水路から騎馬を見上げた男らが叫んだ。

馬蹄の音が遠ざかっていく。

市兵衛と頭が睨み合う刹那の間があった。

次の瞬間、市兵衛を囲む男らが一斉に喚声を上げ、市兵衛へ襲いかかった。

市兵衛は八相のかまえを崩さず、銃を持った男へ突進した。

雨のように降りかかる得物を前後左右にはじき飛ばし、それから市兵衛は剣を天上高く上段へとった。

四

駒込の奥平家は大混乱に陥《おちい》っていた。

駒込片町の西方、中山道の街道沿いに長屋門をかまえる奥平家上屋敷よりお出入りの医師が警護の侍と共に下屋敷へ急ぎ差し向けられた。

大殿さまの肩と背中の疵は、浅手ではなかったものの命に別状はなかった。

大殿さまを守って下屋敷まで帰りついた二人の御小姓衆は命はとり留めたが、ひとりは重傷のため安静を要した。

そうして何よりも、大殿さまと共に初めて野駆けに出られた若さまが、疵ついた大殿さまの馬を牽き下屋敷まで駆け戻ってきたことが、小松ら家臣のみならず、上屋敷の御当主を感嘆させた。

「奥平家主家のお血筋に相応しいおふる舞い」

と、褒《ほ》めたたえぬ者はなかった。

同時に御年寄役の小松は、若き物頭の小木曾考左衛門に手勢を率《ひき》いて江古田村へ急ぎ救援に向かうよう命じた。市兵衛がたったひとり、賊の一味を引き受けて残ったと聞かされたからである。

救援には、老足軽の桑野仁蔵と山谷太助も「われらも」と加わった。

「なんという男だ。市兵衛……」

小松の胸が熱くなった。

市兵衛が救援に向かった小木曾らの一行と共に、番頭と番方の遺体を乗せた荷車を曳《ひ》いて屋敷に戻ってきたのは、西の空が茜《あかね》色に染まった夕刻だった。

今ひとりの番方は疵ついて歩けぬため、江古田村の百姓が担ぐ畚《もっこ》に乗せられ屋敷に帰りついた。

かがり火がたかれた表門には、小松のほかに台所衆や下男下女《げなんげじょ》までが出迎えた。

市兵衛は、一行の一番あとから表門を入ってきた。

小松より借りた野羽織野袴はあちこちが斬り裂かれ、血がにじんでいた。

「市兵衛、ご苦労だった。よう戻った」

小松が感極《きわ》まって言った。

「お借りした羽織袴を、台なしにしてしまいました」

「よいわ。そのようなことを気にしてくれるな。市兵衛、礼を、礼を言う……」

言いかけて、小松は声をつまらせた。

同じ日の夜更《よふ》け、赤坂御門外諏訪坂の御目付・片岡信正の屋敷の小門を、御小人目付衆の黒羽織がくぐった。

片岡家の若党に導かれたその御小人目付は信正の居室の畳へ手をつき、「ご報告申し上げます」と用件を述べた。

「駒込の奥平家下屋敷を見張っております者より知らせが入り、本日、野駆けに出かけられました奥平純明さま御一行が、江古田村において何者かに襲われた由《よし》にございます」

「何っ？　奥平純明さまが襲われたのか」

「さようです。賊の数は二十名近く。銃を備えておりました由」

「ああ、銃をか……」

「はい。宮島泰之進さまの一件と同じく、短銃らしき銃だったと見張りは聞き及んでおります」

信正はそれから、一灯の行灯《あんどん》の明かりが寂《さび》しく灯《とも》るのみの寒々とした居室で、その日の奥平純明襲撃の顚末《てんまつ》の詳細を聞いた。

「……かように、激烈な乱戦だったようにございます。最後に御舎弟・唐木市兵衛さまがたったひとり残り、賊を引き受けられ、純明さまと若さまの難をお救いなされた由にございます。賊は五体の屍《しかばね》を残し」

「市兵衛はいかがした?」

「はい。浅手は幾つか負われたらしゅうございます。ですが、ご無事でいらっしゃいます」

「そうか……」

信正は溜息《ためいき》と一緒に言った。

「今後とも、唐木さまにわれらの事情をお話しせずとも、よろしゅうございますか」

御小人目付が改めて訊いた。

信正は腕組みをし、天井を仰《あお》いで考えた。

「まだよい。弥陀ノ介の八王子よりの知らせを待ってからにしよう。ともかく下屋敷周辺の見張りは怠《おこた》るな。いっそう厳重にせよ」

しばしの間をおき、信正はそう命じた。それから、

「市兵衛……」

と、思案深げに呟《つぶや》いた。

(下巻につづく)